可以悦读·外国文学

Murzban F. Shroff

等待乔纳森

〔印〕穆尔兹班·F.史洛夫 著

刘文 译

Waiting For
Jonathan Koshy

浙江文艺出版社
Zhejiang Literature & Art Publishing House

谨以此书献给

我母亲杰露

那不屈不挠的爱,

她给我生命并

教我如何面对它,

她给我书本阅读

并教我如何创作。

献给这个充满爱的世界——

这个坚定、神秘、不断赋予我们力量的世界——

在此献上这份令人欣慰的微薄之作。

一个人的众多想法其实只是为一个想法铺路。

——安东·契诃夫

令人害怕的是人自身不肯为了一种概念而受苦和牺牲,因为这种勇于牺牲的特性就是人类自身的基础,这个特性就是宇宙间非同凡响的人。①

——约翰·斯坦贝克

---

① 《愤怒的葡萄》,胡仲持译,上海译文出版社。——若无特殊说明,本书脚注均为译者注

前　言

　　乔纳森在我生命中最艰难的时候来到我的身边，他带着一个少年倾诉自己初次约会的激情，突然出现在我的面前。那是个多事之秋，我的处女作——故事集《气喘吁吁的孟买》正被起诉，令当时的状况急剧恶化。我逐渐醒悟到：这是一个企图逼迫我远离家人和写作的阴谋，一个耗尽我所有精力的阴谋。当然，我还是决定继续写作，但关键的问题是，什么题材可以让我全情投入而"忘却自我"，并能维持我未来几年的兴致。那时，我已经着手写一本有关孟买人妖的小说，这种题材让我当时的心情非常郁闷，令我陷入更低迷的困境。我需要一个比我自己更高大的故事人物，比我的困境更艰难的故事人物。即使是我在孟买、马杜赖[①]或科代卡纳尔这些地方的法庭等待判

[①] 印度南部城市，印度教圣地，有著名的马杜赖大庙。

决时，他也可以愉悦我、挑战我、振奋我、令我开怀。

他就这样不期而至。乔纳森，一个舌战者、一个自相矛盾者，如同"一锅汲取了独特风味的炖菜"，就有点像生活自身一样。

遇见他，我知道我被他深深地吸引住了。他会带我去我从未去过的地方，他会说我从不敢说的话。作为回报，我帮他找回那些他似乎已经失去的东西：比如父母之爱、家人的支持和亲情般的深厚友情。这是一件非常互惠互利的事情，在我们——一个作家和故事的主人公之间——颇见成效。这本书完成之后，我们又开始把彼此视为真实的人物、真正的朋友。乔纳森很复杂，是充满仁爱的复杂人物——聪明但又粗心、颇有理想但又纯朴、粗犷。他向我展示了生活的方方面面，形形色色。他主宰自己的生活，我要做的只是如实创作。同时，我明白我要执笔投入的重点是他肩负的重大责任感，而不是他那显而易见的古怪个性。他是个很有思想的人，发出了迷惘一代的沉思者的最后怒吼。这迷惘的一代，是骨子里充满叛逆的一代，是质疑一切的一代。

因为乔纳森的个性太复杂太愤世嫉俗，仅以我个人的眼光是很难观察透彻的，这也许是一个作家眼中的偏见，所以我得加入别人——其他朋友——的看法。换句话说，是第一人称的复数——我们！虽然"我们"中的每个人都有一个关于他的故事，我们中的每个人都积极地保留他故事的真实性，但他并不知情。

毋庸置疑，要通过多人一起讲述故事写书并非易事。现在回顾起来，当时有点过于雄心勃勃，但是如果不一起承担塑造主人公的责任，不一起为乔纳森的失败而惋惜，不一起为乔纳森的成功而欢呼，你怎能评判像他这样一位非同寻常的人物呢？

故事的背景也就自然而然地出现了，肯定是在班德拉，古色古香、充满魅力的班德拉。它经历了自我的痛苦蜕变，老洋房给推倒了，人行小道被侵占了，交通日益恶化，面包房和家庭小店被夷为平地，取而代之的是富丽堂皇的购物中心和珠宝商业街。但在这变化过程中，令人沮丧的是班德拉独有的社会结构，班德拉最具代表性的社区氛围，很快被侵蚀，很快在消失！

但是并非都是如此！在巴利山上的一栋雅致老洋房里，往日的趣闻轶事栩栩如生地再现眼前。具有古色古香特色的班德拉，具有浓厚的社区情感的班德拉，具有和睦的邻里关系的班德拉，在这里都被展现、被保留。

我是否成功地创作了一个引人入胜的故事，这不应由我来判断。我所知道的是这样的：在乔纳森身上，我找到了这样一个朋友，他带我走出了我生命中最黑暗的日子，带我走进充满光明和欢笑的温暖空间。他是一个具有英雄气概的堂吉诃德式的伙伴,让我着迷、令我开心。是的,还让我笔耕不辍。我也希望,我自己给了他相似的回报,至少把生动有趣的他展现在你的面前。

一

乔纳森·科希是我们的一个老朋友。他比我们年轻,他的机智、热情和愤慨深受大家的赞赏,当然,愤慨多半是假装出来的,故作姿态而已。他反应快、领悟更快,喜欢表现出一个愤世嫉俗的学者神态,喜欢推翻理论,打断严肃的话题,撕破自命不凡者的嘴脸,他坚称这些人被彻底"打趴在地"后更好看。这就是他的处事作风,他乐在其中,对此毫不掩饰。乔纳森是一个陈规陋习的杀手,一个离经叛道者,一个即兴表演者,虽是人群中的小个儿,却格外引人注目。

乔纳森有体型上的优势。看他那刚好5英尺[①]的小个儿,没人认为他有这些本领:他的力度,他的速度,他的急智。当大家没有被他震慑时,他让人们开怀大笑,让人们深思,让人

[①] 1英尺相当于30.48厘米,5英尺约为152厘米。

们心中汹涌澎湃。即使在质疑权威人物时，他也不显丝毫的恶意，可以说他为人处世的风格是这样的：个性率直、见解深刻、幽默风趣。你知道你必须对他负责，从某种意义上说这是你的责任。与他度过一个晚上，分手时你带走的不是冷落而是友情，甚至还有一丝仰慕，的确如此！在派对上，他是真正的娱乐高手，从不怠慢任何人，无论是男主人或女主人，当然也不会怠慢吧台的各种饮品。他为人开诚布公，善解人意，为此深受大家的喜爱。

外表上看，他行动缓慢而有节奏，步态轻盈，笑意从容，清澈的棕色大眼炯炯有神，好像时刻在找寻着目标。

头发，是一头的卷发；笑容，是孩童般的无邪；牙齿，小而密集，曾经是白色，但因长年抽大麻受到惩罚而变黄。穿鞋后的体重为80公斤，衣着讲究，总是时尚又休闲。

他靠什么来维持生计？坦白说，我们并不知道。他说他给人出谋划策，是公司发展的推动者。他让人与目标共同成长，他说他帮大家认识他们真正的潜能，大家需要他多过他需要大家。

他怎么总是穷困潦倒，总是欠别人的钱？我们都太客气没敢开口问他。契诃夫[①]曾经说过："好的教养，不是表现在自己

[①] 安东·契诃夫（1860—1904），俄国短篇小说家、剧作家。文中引语出自短篇小说《带阁楼的房子》。

不会把作料碰翻在桌布上,而是表现在当别人碰翻时自己却视若无睹。"我们就是这样来诠释与乔纳森之间的关系的。当知道他有麻烦时,我们深表同情。当他缺钱时,我们解囊相助,之后都忘了要他还钱。过了一段时间,数目越来越大,借口越来越随意,但我们从来没有责备过他。他是我们的朋友,我们年轻时的伙伴,这就让他顺理成章地得到了更多的理解,我们也就轻易包容了他的过失和借口。

乔纳森有个习惯,每隔几年,他就会从他的老家——喀拉拉邦①来孟买。每次回来,他总是目光炯炯,面带微笑地宣称:"我回来了,这回我是认真的。哥儿们,相信我!这次我是为赚钱而来的,我要赚大钱!"

"乔纳森,喀拉拉那边怎样了?"我们会问,然后他接着说:"不错!毕竟那是自己的家园。如果你喜欢那份宁静,如果你可以接受也乐意过简单的生活,那里就是上帝的乐园了!我是说,一个人在天堂能有多少想法呢?喀拉拉把你宠坏了,令你堕落为沉迷自然的无为者。那些椰子树、那些宁静的河水,那些无边无际的墨绿色树丛,那些美景让你陶醉,赞叹不已!你的脑子仿佛不能思考了,身体似乎也瘫痪了,工作也不想做了,至少不想为赚钱而工作。天地间创造的一切在那里都应有尽有了,阳光、土壤、空气、水、云彩和那些让时光停留

---

① 印度西南部一个邦,濒临阿拉伯海。

的狭窄运河都在那儿了。喀拉拉就是这样一个让你超凡脱俗,养老终老的地方,但是它还不够大,不能容下我和我的远见卓识。哥儿们,你们了解我,我是有远大目标的人,我要的是开始而不是结束,我想打拼,想奋斗,我想要翻天覆地的变化,我想挑战自我,我想创业,想创造,我还需要舞台和观众。妈的,这就是为什么我又回来了!"

他慷慨激昂、目不转睛地看着我们,似乎他无所不知,无所不晓。难道我们要对他提出质疑吗?要提醒他以往未能成功,不能成为点子大王而被迫退居老家的种种失败吗?他的眼睛似乎在说:"我知道事情在孟买是怎么回事。这个城市会击垮你、摧毁你。它能改变任何人,让他们变得愤世嫉俗。除非你可以证明自己并非如此,否则每个人都可能沦落成那样。"

事实是这样的:乔纳森太可爱了,所以我们不能轻易去为难他;太孩子气了,所以我们不能随便打击他。犹豫片刻后,我们对他说:"乔纳森,当你准备好时,再谈你的那些点子,我们洗耳恭听。"

他的脸上顿时显出轻松的表情,嘴角挂着笑意。"时机成熟时再告诉你们。"他说,"每个人都需要从我这儿得到或多或少的帮助,没有人可以对我的锦囊妙计置之不理。"

我们并不会催着他说那些妙计,在晚上喝过了朗姆酒、伏特加或其他烈性酒,他自然会把它们娓娓道来。大家整晚坐在一起喝酒,话题很快就打开了,如流水般滔滔不绝。各种理论会被多方面探讨和辩论,声名显赫者会被无情地鞭挞,他们都会被视为骗子和懦夫而被摈弃。无名英雄会被挖掘出来,备受敬重,大家慷慨激昂地高谈对他们的认识。偶尔,我们会陷入沉默,为我们的才学激动不已,对我们的与众不同深信不疑。喝什么对我们并不重要,关键是我们在任何层次上都能达成共识,我们的初衷也是希望息息相通,我们的关系也因此得以维持,并能持续下去。鉴于我们当年对文学和电影这类高等艺术所倾注的时间,我们希望能站在时代的浪尖上,但这并非易事。这与我们的观念从何处来,往何处去有关。成功还是满足,无论是哪个,似乎都与我们无缘,它们的改变比我们在生命中曾经定义的概念要快得多。虽然已年过四十,但我们依旧在为找寻自我而挣扎。我们试图找到自己在文艺界的呼声,找到我们的一席之地。在此,我们希望能站在超越大众的高度,发出正确、真实和持久的呼声;我们希望能引起大家的共鸣,一直到未来。

刚才普拉肖特告诉我们,乔纳森要回来了。在离开孟买三年后,我们的朋友要回来了。他是乘火车而来的,顶着无情的仲夏酷暑,坐上二十四小时的火车,真是勇敢!"他好像是惹麻烦了。"普拉肖特忧心忡忡地说。

"是什么麻烦呢?"我问。

我们原以为乔纳森已经在喀拉拉快乐地安顿下来了,大家跟他并没有太多的联系,除了在我们生日的那天,都会收到他只有一行字的简短邮件,写着:"祝你过个特棒的生日!"这总是令我们忍俊不禁,因为有一个不容忽略的事实是:邮件总是恰好在凌晨零点一分发出的。

"听乔纳森跟我说的情况,"普拉肖特接着说,"他曾与一个女演员同居,她的母亲是一位政客的情人。这个女演员比他小几岁但是比他高几英寸,可以说是一个大美人!

"一次偶然的机会,乔纳森萌发了做她经纪人的想法。于是,他开始为她做宣传,向她的粉丝收取介绍费和拍照的费用,而且得到了她的广告代言权,但她并不知道的是,乔纳森把一半的收入转到自己的银行账号上了。

"她以为他是无偿地为她做这一切,是出于对她的爱。此外,她替他支付所有的开销,所以当女演员发现了真相后,她称他是个骗子、诈骗犯。你了解我们的乔纳森,对吗?他最讨厌被人指责。他跟她说,如果不是他,她将只是个平庸之辈,是他帮她立足影艺界,得以成名。没有他,她一无是处,只是个徒有外表的'花瓶'!

"听到这儿,女明星失声痛哭,然后给她妈妈打电话,她母亲那时正在床上取悦那个政客。

"女明星伤心欲绝,没人敢这样跟她说话,称她是个'花瓶'。她妈妈怎么安慰她都不行，所以那个政客来接手处理。他让她立刻离开乔纳森，搬过来跟她妈妈一起住。他发誓，他要让乔纳森为他所说的每一个字，为她流的每一滴眼泪都付出惨重的代价！

"女明星一搬走，政客就派了他的两个心腹上门去找乔纳森。这俩家伙是腰间裹着多蒂布①、不苟言笑的杀手，他们拜访乔纳森的用意无疑就是揍他一顿，让他断胳膊断腿。乔纳森开门时手里正夹着一根大麻烟卷，他正在抽大麻中的极品——伊杜基黄金，而这两人正好也是抽大麻的，恰好都来自伊杜基行政区②——大麻的产地。他们的话题也就转到了那些"正宗大麻的产地"上的问题，现在正宗大麻的供应已开始断货了，还好其他的邦能供应那些'以次充好的狗屎货'。不知不觉地大家就越说越近乎了。乔纳森站起来，拿了两包大麻样品，他亲切大方地把大麻塞进了两个打手的衬衣口袋。他们来这儿原本是为了把他暴打一顿，让他吃顿苦头，这下真让他俩觉得非常难堪！

"抽完大麻后，两个打手就开始跟乔纳森称兄道弟了。他们告诉他，他们必须要让他多少受点皮肉之苦，之后还要把他受伤后的照片发给政客。提供证据的重担都落在他们身上了，

---
① 印度教男子多用于腰间、盖住膝盖的长布。
② 喀拉拉邦下的一个行政区。

他们说,一副怏怏不乐的表情。

"电话的网络信号不好,我很难听清他说什么,但乔纳森的确提到那两个打手对他手下留情了。他们做了他们必须做的,然后把他押送到火车上,告诉他五年之内不许回到喀拉拉。他听上去不像是疼得厉害,但因为被赶出了喀拉拉,所以非常生气。知道他常说什么吗?你可以把一个马拉亚兰人①赶出喀拉拉,但永远不能把喀拉拉从一个马拉亚兰人的心中赶走。"

我们都陷入了沉默,我们,一共四个人,都是乔纳森在孟买最亲密的朋友。

"我打赌那两个打手是真心喜欢乔纳森,"我说,"不过我希望他们没有把他打得太厉害!"

"等他到了我们就知道了。"普拉肖特说道,"但是,他的确是非常伤心。他说被赶出自己的家乡,他感觉备受侮辱。你知道我们这朋友,他一直为自己的家乡而自豪!"

"那我们现在该为他做什么呢?把他安顿在哪里?"我们的演员朋友德鲁夫忧心忡忡地问。

我们都知道答案是什么,但谁都不愿点破。

安瓦尔是我们中年纪最大的,也是唯一一个可以为乔纳森提供住宿的人。我们(除了安瓦尔外)都住在只有两房的公寓

---

① 来自喀拉拉邦西南部的人。

里，勉强容下自己和家人。安瓦尔住在巴利山上的一栋洋房别墅，在巴利山104号。道路从这儿开始下坡，车辆必须减速才不会打滑。周围还有其他的洋房，但据我们所知，所有的路都要经过104号门前。不知有多少个晚上，我们步履艰难爬到坡顶，挤过吱吱作响、半掩着的大门，兴高采烈地期盼度过一段美好时光。这里也从来没让我们失望过。几个小时后，我们又出现了，吃饱了，喝足了，有说有笑。所以，身陷困境的乔纳森应该来巴利山104号，因为没有比这儿更合适的地方了。

二

就如同蚂蚁涌向蜂蜜,巴利山上有种东西吸引着这个城市电影圈的同人。那些已经成名的,或在成名路上的都渴望在这里拥有一栋别墅。此处,住有旧富、新贵、大亨、暴发户。还有一种趋势与变化:这种变化是悄然无声的、秘密的、有目的的,由野心勃勃的大人物在幕后操纵着。

传闻以前黑豹在巴利山的山坡上漫步,各种各样的蛇潜伏在树叶中。"当然,现在的捕食者和爬行动物都不同以前了,"安瓦尔说,"他们是那些建筑商,起初你看不见他们,等你们看到他们时已经太迟了。"

巴利山在不同的时期拥有不同的植被。从山脚的稻田到山坡的果园,再到引人注目的高尔夫球场,它已从一个耕种小村庄发展到有高度隐私和高尚品位的住宅区。

贯穿整个十九世纪，一直到二十世纪初，这里住的都是欧洲人和英格兰人，他们住在宽敞的殖民统治时期建的独栋洋房别墅，那些开满玫瑰的花园和塞满工具的花园小屋为此处的植被锦上添花。因为这地方特别与世隔绝，又特别缺乏社交活动，所以有一个叫蒂姆·贝克的英格兰人在他的别墅范围开了间英式小酒吧，敞开大门欢迎任何能举杯畅饮、谈趣闻轶事的人。别墅名为"大树"，因为两个丹麦商人，亨宁·拉森和苏林·特博洛提供住宿而出名，他们之后建立了印度最大的工程公司之一。

如果说这个居住区是印度鸟类学家——萨利姆·阿里的家，那是因为这里也是各种鸟类的栖居地。五色鸟、夜莺、赤胸拟啄木鸟、鸦鹃、布谷鸟、黄鹂、戴胜鸟、翠鸟、喜鹊、长尾鹦鹉、扇尾鹟和太阳鸟。一年两次它们聚集在这里，欢快、勇敢地占据在山上，成为此处的一道自然景观。萨利姆·阿里就藏在树后，手里拿着望远镜和记事本，用惟妙惟肖的求偶声呼唤它们。

后来，这田园般的居住地搬来了印度的电影明星们：古鲁·度特和米娜·古默里，戴维·阿南德和迪里普·库玛尔，拉兹·卡普尔[①]和纳西尔·侯赛因[②]，苏尼尔·杜特和纳尔吉

---

① 自导自演了《流浪者》，二十世纪七十年代在中国广为人知。
② 其导演的《大篷车》二十世纪八十年代在中国上映。

丝①，还有古尔扎·萨赫、吉滕德拉和里希·卡普尔。此处在赢得具有创意和活力美名的同时，又可让它的住户，他们这些艺人，保留隐私。还有巴利山的帕西人②，他们那有超长走廊的洋房，他们的花园，他们的狗，他们的男管家和他们的宾利车。这些人中有阿达希尔夫妇、亚历山大夫妇、比宛迪瓦拉夫妇、巴克斯特夫妇、帕塔克夫妇、佩蒂格拉斯夫妇、波特夫妇，塞特纳夫妇和瓦迪亚夫妇，他们既是好邻居又是打理花园的能手。

这里首批的高层建筑始于六十年代，班德拉的第一座高层建筑出现在巴利山上——一座18层的高楼。随着时间的推移，泥泞的小道和低矮的砖墙消失了，钢筋水泥的时代逐步取代了木材和石头。随着家庭人口的扩增和柚木价格的上涨，以往殖民统治时期的老别墅都被出售来建8到10层的高层建筑。

贯穿整个七八十年代有更多的高楼拔地而起，也有几座现代风格的独栋别墅。路面拓宽了，铺上了水泥，但这个居住区依旧保持着它的神圣和尊严。那些高楼围绕着山上的生态区而建，种有零星的绿化地带，小片的树丛，畅然而过的微风，这里无疑是一块令住户远离城市喧嚣的僻静之地。

一些商业场所也随之涌现：先是一家美容中心、一家休闲

---

① 《流浪者》女主角丽达的扮演者。
② 印度拜火教徒，祖先为波斯人。

健身中心，然后是一间时尚精品店和一家幼儿园。在这之后，一个大权在握的小区管理委员会出现了。委员会的成员确保街头小贩不会干扰住户，业主和访客的车没有随意停放，树木没有被建筑商随意砍倒，工地的垃圾一天清理了两次，水电公用事业公司在挖路之前具备所有必要的许可证。当然，他们阻止不了的是空地被出售，席卷整个城市的商业浪潮。在千禧年之际，巴利山的房价在该城北郊是最高的。

建筑商现在谈的是大价钱。拥有小块地的业主通过把地卖给他们，就能安顿好全家所有的人。他们可以拥有新建高楼里的几套公寓，把它们租出去，以租金收入就可以养家。小地产业主从未有过这么好的日子，他们这样从中牟利似乎也是很公平的事。

104号始终抵制着所有这一切变化。在山坡的最高处，独立一隅，一派乡村特色，质朴的风格让人深信住在这里的一定是和蔼可亲的人家。房子的外墙是淡淡的天蓝色，大门是深色午夜蓝，从车道到房前有一段台阶，保安亭几乎总是无人看守。保安是个相貌英俊的年轻人，长着一对深色、迷茫的眼睛。他有时跟两条拉布拉多猎犬玩耍，有时与安瓦尔的两个九岁和十一岁的女儿玩耍，有时他就在保安亭里打盹，就算醒了也不会把访客拦下问话。对访客的问话"先生或太太在家吗？"，他最多用大拇指一挥，好像在暗示"别打搅我！自己进去看看就知道了"。我们对安瓦尔提到他的粗暴无礼,但是安瓦尔总是笑着说:"他只要在那儿就可以了,再说他还会帮两个姑娘扎漂亮的马尾辫呢!他不介意她们称他'傻瓜',或者在他睡觉时悄悄走到他身后拽他的耳朵。"

走在车道上,你不会相信这栋别墅住的是宝莱坞最负盛名之一的一户人家。他们没有豪华车队,只有一辆本田雅阁——第一个出现在印度路面上的车款,和一辆耀眼的黄色玛鲁蒂铃木车。车道的右边有很多给客人的停车位,足以停下十五辆车。

别墅包括地面层和楼上两层。窗户没有安装防盗铁栅栏,这是很少见的,因为这是高档住宅区,很容易招来梁上君子或是粉丝。

靠近入口处,过道的尽头是酒吧台,台后的墙上装有一面巨大的镜子。旁边在两个拱门之间的墙上挂着一幅米色的画布,上面用精美的书法写着一段《古兰经》的译文:我们投身今世是为了还前世欠下的债。这世界不是我们的,从来就未曾是我们的。

再往里走,映入眼帘的是宽敞的错层式客厅,给人以热情好客的感觉。穿过巨大的拱门,在装着枝形吊灯的天花板下面,放着一排松软的大沙发,透过造型雅致的玻璃窗和法式门你就可以欣赏屋外的景致了。

客厅的下层是用于举行大型聚会的，厅里摆放着宽敞的大沙发和御座般的大椅子，中间摆着一张硕大的桌子和几个带着结实的弧形腿的茶几。

往上走一个台阶就是客厅的上层了，这里是餐厅，可以容纳十二个人用餐。

在餐桌的后面是一排法式门，打开门映入眼帘是一片碧绿的草坪和灿烂的阳光。这房的设计就是为了融入这些自然要素[①]：它们是至高无上的首批贵客，它们令此处看上去明亮、透气又宽敞。

在客厅的旁边是两间大卧室。房间曾经有人住过但现在是空的，当然里面摆有家具，房间干净、宽敞，空气流通也很好。木制的楼梯，带立体交织雕花的扶手，手工上色的马赛克台阶让你顿时满心欢喜地走上楼。

每一层楼都有很厚重的地毯和精致的老式家具，还有那些书——放在高大、气派书架上的招人喜爱的旧书。每一层楼的角落都摆放着大理石台面的桌子，桌子上放着安瓦尔父母的黑白照。他的母亲，阿米·可汗，双手抱在胸前，双眼明亮清澈，脸上笑容光彩照人，似乎在暗示着她随时准备面对生活的一切挑战。他的父亲，穆斯塔法·可汗，照片上的他伸开双手，正在导演一部电影。

---

① 四大元素，旧时印度人认为构成一切事物的是土、风、火和水。

穆斯塔法·可汗在二十世纪四十年代末从勒克瑙①来到孟买，那时的他十八岁，一个穷困潦倒但充满梦想的作家。他有头脑、有天分，也有激情，但这些都不能让他攻入堡垒森严的孟买电影圈。每天他都要奔波在摄影棚之间，要写台词、对白、场景，甚至要重新改写剧本，这让他受到了制片人的好评。他们很快发现他善于创新，能在瞬间出谋划策。同时他对音乐很有鉴赏力，所以音乐总监总是征求他的意见，他也一定会畅所欲言、坦诚相见，并不会因他们的名气而生畏。

穆斯塔法·可汗刚开始是个作家，后来成为一名导演，再后来做了制片人。

作为一个作家，他创作了一些宝莱坞最难忘的影片。他改写了男主人公的形象：从一个一本正经、沉默寡言的四十年代的人物转变为一个桀骜不驯的风流倜傥者，一个游侠剑客般的浪漫者；女主人公的形象：也从一个卑躬屈膝、饱受苦难的牺牲品转变到一个招人喜爱的摩登小精灵。

作为一个导演，他令普通演员成为明星，令明星成为超级巨星。

对所有的音乐制作，他都会仔细聆听、精心制作。他与那个时代的天才大师合作，诸如：马杰如·苏丹普瑞，S. D. 伯曼，R. D. 伯曼，基肖尔·库马尔，默罕默德·拉菲，拉塔·曼杰

---

① 印度北部城市，是北方邦行政和立法首府。

西卡和阿莎·邦斯勒。他创作的畅销金曲是一首接一首,一直流传至今,那些歌曲还在电台、电视、迪斯科舞厅、聚会、节假日和街队游行时播放。八十年代,迎来了混音版本时代,是穆斯塔法·可汗的音乐开拓了新声,证明经典音乐不需要改版重生,它们自然会决定未来的音乐。

对于那些手头拮据,不能靠自己的天赋谋生的音乐家,穆斯塔法·可汗给予了高度的支持。他呼吁与他合作过的音乐导演们,让这些音乐家加入他们的乐队。一年两次,他还会在自家的草坪上举行聚会,让年轻的音乐家们来表演,与他的宾客交流,这样他们的才华就可以在那些显赫的指挥家前展现出来,可以令他们继续施展才华并维持生计。

有一位音乐家对他特别感激,名叫威尔弗雷德·戈梅斯·费雷拉(或是威利·戈梅斯,别人都这么称呼他)。他吹萨克斯,弹古典吉他,吹口琴,唱布鲁斯歌曲,穆斯塔法·可汗对他的朋友的所作所为让他深受感动,为此他写了一首歌特献给他——可汗大叔,我们的英雄!当我们需要帮助时,你是第一个援手相助的人——他在容纳上千人的班德拉体育馆里放声高歌。

如果说穆斯塔法·可汗所有的影片都很成功,那是因为他对剧本一丝不苟,如同他策划明星云集的影片制作一样。在巴利山104号的二楼,他为编剧们提供丰富的私人藏书,极力主张他们反反复复地阅读剧本,这样他们才会知道如何对他们的情节、人物和电影的寓意提出问题,这些都体现在写作中;他说,如果你叙述描写不到位,在屏幕上也不会闪光。对音乐总监们,他会满腔热忱为他们再现栩栩如生的场景,他们的创作激情因此油然而生,音符也就开始从他们的脑海中跳跃出来——一部气势雄伟、经久不衰的交响曲由此诞生了。

大家由衷地相信,是穆斯塔法·可汗给宝莱坞电影注入恢宏大气的风格。他把浪漫片升华为史诗般的艺术,向人证实浪漫时常与神秘相伴,如同爱总是与恨相随,所以说,他是电影界第一个可汗[①]。为此他受到那个时代所有导演的尊重,他们都纷纷效仿他编排群星荟萃、绚烂夺目的盛大表演。他影片中的男主角总是备受喜爱,令人难以忘怀。他们通常正直、善良又高尚;一旦愤怒起来,他们就成了十足的恶魔,成了伸张正义和身负使命的叛逆者。至于他拍的反面人物,都是完完全全的邪恶嘴脸,肆无忌惮、犹如得意扬扬的魔鬼撒旦,诡计多端,胡作非为。

还有阿米·可汗,充满自信、和蔼可亲的阿米·可汗,全力支持穆斯塔法·可汗的事业。她让他全身心地投入工作,但并没有怂恿他去追求这个行业带来的种种诱惑。

他们两个是在非同寻常的环境下相识的。两个都是一贫如

[①] 穆斯林国家统治者的称号。

洗的年轻人，都是事业刚起步，都得不到家庭的经济资助。她来自博帕尔①，一个受过良好印度传统舞蹈训练的女孩，她必须资助她的母亲和两个妹妹。她教女演员们跳舞，靠一天连上两个班来弥补自己微薄的收入，他对她的拼搏和敬业精神都看在眼里、记在心里。

一天，他正在摄影场执导一部影片时，她突然晕倒了，他立刻飞奔到她的身边。这个勤劳的年纪二十岁的姑娘，对舞蹈的专注就如同他对摄影镜头一样。他为她要了一把椅子，让她坐下休息，叫了一杯新鲜的柠檬水给她提神。这让女主角很不开心，她怒气冲冲地走开了，把自己反锁在化妆室。一个微不足道的舞蹈演员得到如此关注，她怎么可以咽下这口气？！

如果换了其他的导演，特别是像他这样的年轻导演，一定会前去安抚女主角，站在她的化妆室门口，恳求她回来。

相反，他让摄影小组停止工作，他说他决不容忍有人在他的摄影场耍性子。如果制片人不喜欢他这样做，他就把制片人也换了。

当然，制片人没有不喜欢他的做法。年轻的穆斯塔法备受尊重，不仅因为他才华横溢，同样也因为他处事坚决果断。也就在那一刻，他为自己又赢得了一个爱慕者，他能感觉到她那份深藏内心、忠贞不渝的爱。

---

① 印度中部城市，中央邦首府。

就这样,他们开始约会了,一个舞蹈演员和一个导演,二人都是在这个无情的城市和无情的行业中艰难度日。

见面时,他们分享彼此的梦想、希望和沮丧,他们肩负的家庭责任的重担,还有,那几乎是空荡荡的午餐盒。

每天,他打开午餐盒,拿出面包和鸡蛋,她打开她的午餐盒,拿出印度薄饼和泡菜。如果有一天他们出去吃晚餐,那一定是一个吃着,另一个就假装吃饱了看着。

结婚时,众人纷纷猜测,面对他的名气和将来必然的成功,她是否能将这段婚姻维持下去。

事实证明,她是他最强大的后盾,摄制组的每个成员都敬佩她。她有这样的本领——让人人都能感觉自己与众不同。拍片时,别墅就成了工作场所,阿米·可汗也就担起了对人关怀备至的慈母形象。那时,令人赞不绝口的饭菜总是奇迹般地准点供应,大家疲惫的心灵和低落的情绪也因此而振奋。到了深夜,不管多晚,总有车等候着年轻的女助手,把她们送回家。是谁雇的这些车和司机?有谁查过这些司机的背景,确保他们是可靠的?所有人都心中有数。

摄影组里的很多人都愿意向阿米·可汗敞开心扉,诉说各种问题:他们事业的苦恼、人际关系的苦恼、为人父母的苦恼。有时,甚至是因为不能达到穆斯塔法·可汗的厚望而感到沮丧,不管怎样,她都会全神贯注地聆听,像慈母般安慰他们，给他们建议。

在穆斯塔法·可汗的剧组，不少年轻的助理们在他影片的拍摄场地找到了自己的罗曼史。如果他们能负担得起婚礼的昂贵费用，那一定要感谢阿米·可汗，因为是她为他们提供巴利山104号的草坪举行婚礼。

就是非电影圈的朋友像普拉肖特、德鲁夫、乔纳森和我，也同样感受到她的爱和尊重。坐在餐桌旁，容光焕发、和蔼可亲的女主人阿米会谈起她的人生经历，此时的穆斯塔法·可汗总是开心得陶醉其中。

她最喜欢讲的一个故事是他俩为生计挣扎的那些日子。那时，他们连一顿饭钱都付不起，难以指望可以吃顿饱饭去睡觉。在穆斯塔法·可汗住的巷口有一位卖烤羊肉串的老头，他烤的羊肉串最棒，大家慕名从城郊赶来买他的羊肉串，到了晚上十点钟羊肉串就卖完了。

"对我们来说，从那儿经过真令人痛苦！"阿米总是说，"我们饥肠辘辘又囊中空空。每次经过那里，我俩总是屏住呼吸，紧握双手，但这也无济于事，因为那香味总是尾随着我们一直到巷尾。总之，有一天，穆斯塔法认为我们受够了。他让我在他的住处等着，然后自己去买羊肉串。当然，他并没有跟我说他去干什么，只是告诉我他在做一件很特别的事，要给我一个姗姗来迟的惊喜。就在羊肉串烤好他刚付完钱时，天开始下雨了,疯狂般的瓢泼大雨。没有别的办法,他只好把炽热的羊肉串裹在他的外套里面,把它们紧紧地贴近胸口,开始在瓢泼大雨中奔跑,不停地躲闪着来往的车辆。等他到家时,他的外套已经湿透了,羊肉串也成了湿乎乎的一团。他从衣服里拿出来递给我,报纸粘着羊肉串,说:'你看!人算不如天算!'他看上去伤心透顶,我却无言以对。我为他感到难受,非常地难受!突然,只听见一声巨响,天花板上的一块灰泥掉下来,雨水开始哗哗地灌进来。我们没有时间考虑这些,因为雨水开始从不同的地方灌进来,我们意识到手上又有新麻烦了,于是大家急忙去找水桶。但屋里只有一个桶,所以我们只好把所有的锅啊、盆啊和茶杯都用上装雨水,最后大家累得筋疲力尽,话也说不出来,只好一屁股坐在椅子上,听着雨水滴下来的声音。屋外是漆黑一片,这时已经没有地方可以买到食物了,但屋里什么吃的也没有。突然,我的眼光落在了桌上那堆湿乎乎的羊肉串上,我郑重其事地对他说:'我发誓,有一天我会给你做世上最好吃的羊肉串。'他的眼睛闪着光芒,对我说:'我发誓给你建一栋漂亮的大房,里面有很大的厨房,还有很多水桶。'然后我们都开始大笑起来,歇斯底里般地大笑起来。因为我们都明白,大家在一起的特殊经历意味着什么,患难与共铸造了我们的未来。"

这些故事她已经讲了也许不下十遍、二十遍了,穆斯塔法·可汗总是从报纸后面抬起头，说："为什么你要和孩子们讲这些无聊的事？总要谈论那些很久以前的事？"她会从容不迫地回答说："因为他们必须知道！他们必须明白今天他们所看到的，过去并不都是这样的。建这房子用的不仅是砖瓦、水泥和石膏，而且还有汗水、奋斗和欢笑。"

这就是这栋房的宝贵遗产。虽然他俩在几年前都过世了——阿米·可汗因意外中风而去，但让她保留了晚年的尊严；妻子的过世让穆斯塔法·可汗失去了继续生活的意志，他也默默地随她而去——尽管那是几年前的事情，但我们肯定他们的灵魂依旧在巴利山104号，不然如何解释这里的一切都未曾改变？热情未改，氛围未改，神圣未改，连好客的热情都未曾改变！这里，有种东西令一切完好无损，我们一定要把它找寻出来，一定要把它展现出来。

乔纳森开玩笑地说："巴利山104号就像《加州旅馆》唱到的，'你可以随时入住，但你永远无法离开！'"

这栋房的魅力就在于，你可以随心所欲——最重要的一点是让你保留自我。我们在沙发上喝得不省人事；我们在阳台上抽过大麻；我们在餐桌旁品尝了最难忘的美味佳肴，由阿米·可汗亲自指导，毕希姆制作烹饪，他跟随这个家很多年了；我们躺在草坪上，沉醉在兴奋中，酒足饭饱的我们无法动弹。我们数着星星入睡，太阳照在脸上方醒。在温馨舒适的小房，我们尽情地享受音乐，共同讨论书籍和电影，哪些成功了，哪些失败了，哪些能长久，哪些易逝去。能做这些探讨是因为我们得到安瓦尔父母对我们的支持，如果我们停留太久，他们会知趣地避开。可以说，我们允许用自己的方式去探讨、去感受，我们允许按自己的意愿去打造记忆，所以，如果某一天我们需要回顾过去，了解以往的生活，巴利山104号就犹如一个保险柜密室，将我们的记忆完好无损地保存着。

"我打了乔纳森的手机，"安瓦尔说，"告诉他不用浪费时间去找别的地方住，我们欢迎他住在这儿，跟我们为伴，况且你们每天都会来，所以他还是待在这里好，还可以省去他往返交通的不便。"

"他怎么说？接受了吗？"德鲁夫皱着眉头，担心地问。

"他说他不想给我们添麻烦，这样对尼娜和我的两个女儿也不太合适。他还说在孟买有不少女人排队等着他呢，他可以时不时去她们那儿过夜，随便跟哪个女人待在一起都没问题。我想他只是在演戏，欲擒故纵罢了。你们都了解我们这位老弟，自尊心很强，不愿求人。他希望我能保证他住这儿绝对不会给我们添麻烦，所以我也就顺水推舟了。我跟他说，如果他能住在这里最好不过，我也可以有个好伙伴陪我。最后他终于答应了，我敢说他其实什么住处都没有安排好。"

我们此时都聚在巴利山104号的客厅，暮色逐渐降临，过了一会儿，大家都挪到吧台给自己拿饮料。吧台早已备货齐全，摆放着我们爱喝的各种酒类。可乐和苏打水已经备足货，而且都冰镇到最佳饮用温度。

厨房里，毕希姆在忙着做晚餐。他身穿卡其布短裤和宽松的白衬衣，黝黑、宽大的脸上露出专注的神情。看一眼，你就知道他肩负着重大使命：一定要把可汗家的菜谱像传家宝一般保存得完好无缺！

凌晨两三点了，饭桌上的餐具摆好了。毕希姆踮着脚来回走动，满面笑容地把菜装在我们的碟里，安瓦尔打趣地说他给客人加菜时总是"大手大脚"，非常慷慨。

在品尝美食、唇齿留香之间，我们的思绪又飘向了乔纳森。他没事吧？还好吗？每过一个小时，乔纳森，我们的好兄弟，他就离我们更近一点！乔纳森，带着他的愤世嫉俗，带着他反对平庸人生的慷慨陈词，回来吧！他终于有了家，有了听众，不用担心金钱问题，不用担心信用问题！如果他想用自己的想法去改变世界，我们一定全力支持他！来吧，让世界颤抖吧，乔纳森！让以往的失败都见鬼去吧，对我们的兄弟，我们满怀信心！

三

一切都是在我们二十而他才十六岁的时候开始的。我们总在派对遇见他,大家的友谊也就这样开始了。乔纳森油嘴滑舌,在派对上他总是忙于取悦女人,俏皮话令她们哄然大笑。对那些特别害羞或冷漠的女子,他会漫不经心地走上前,说:"嘿!你看上去就像个处女,碰巧我专治此类疾病!"或者,如果有哪个气急败坏的女子对他低声呵斥:"乔纳森,好好用用你的脑子说话,说点正经的!"他会立刻反驳道:"很乐意这样做,小甜心!但要在公众场合吗?……"

当他厌烦了女人(他的调情无法超越某种亲密程度),他就大步迈进舞池,独自一人跳舞,纵情舒展。他的舞步如行云流水般洒脱自如,舞厅里的人总是看得如醉如痴,纷纷把舞池让给他。如果累了,他最多喝杯饮料或抽根烟休息一下。当有人问他为什么总喜欢一个人跳舞,他回答说:"唉,大多数女人都比我高,我不想因一对木瓜在我眼前抖来抖去而分心。我只能要么跳舞,要么求欢,不能同时做两件事。"

当然,乔纳森肯定能做的一件事就是卷出世上最好的大麻烟,这都是他通过关系弄到的又纯又爽口的喀拉拉大麻。乔纳森是个地道的崇尚自然的瘾君子,他声称,大麻是自然界送给人类最纯洁的礼物。他说,可悲的是,人类并不苟同,但谢天谢地,上帝认同!

乔纳森毫不掩饰自己对大麻的酷爱。他飞速地卷好大麻,然后立刻就公开抽起来,在公园里、在电影院、在酒店的洗手间。对他来说,大麻是上帝的恩赐,让人明事理。它开启了通向内心深处的幽径,使人获得独到的见解。他说大麻比酒好,让人更平静、更感知、更开朗、无处不在。他明白为什么基督教和印度的圣人都抽大麻。"它就如同电,"他说,"你可以用它启迪自我也可以毁灭自我。只是你要控制好兴奋度,而不是让兴奋度控制你。"

乔纳森的童年和少年时代是在哈尔[①]长大的。哈尔是那种宁静祥和的区域,你可以看到村民坐在石凳上聊天、漫步闲游或遛狗。他和他的父母住在一栋两层楼的露台上搭建的公寓里。

---

① 孟买的郊区,位于班德拉的北部和圣德鲁斯南部。

他的父亲，坦布·科希是一位报刊撰稿人，小个儿、秃顶、留着胡子、戴着眼镜。他是个沉默寡言、内向孤僻的人，总是穿着牛仔裤和库尔塔①衬衣。他的妈妈，卡鲁娜·科希是位老师，热情朴实、精力充沛。她是个体型丰满的女人，浓密的齐腰长发，宽大的臀部。从外表上看，他们都很正常，但正是乔纳森道出了实情。他说："我们其实是个不正常的家庭，我们之间没有任何共同点。爸爸总是活在自己的世界里，他关心的只是工作。对他来说，生活是一系列的故事、丑闻、阴谋和诈骗。至于他的哥哥塞缪尔——又称山姆，他总是那么深藏不露，让我怀疑我们的血管里是否流淌着同样的血。山姆在很多方面像爸爸，但与爸爸不同的是，他是个做事有计划的人。他对自己的未来精心策划，但与我们毫不相干。我可以看出他极其渴望离开我们，这就是为什么他拼命努力地学习。在爸爸的支持下，他就可以取得学位，然后他就可以离开我们了，那就会是我们最后一次见他了。在他的眼睛里写着'距离'二字，现在是感情上的距离，但之后就会是地理上的距离。我可以看出来！我知道会是这样的！在学校时我和山姆曾一度很亲近，但现在再也没有了，我们已越来越疏远了！"

看得出来乔纳森被那段"距离"伤害了。虽然他很不情愿，但还是很佩服他的哥哥。有时，他的冷漠在某种程度上是

---

① 印度人穿的无领长袖衬衣。

在模仿他的哥哥；但对塞缪尔来说，这种冷漠是自然的，是真实的，他根本无需假装。

坦布·科希彬彬有礼但令人琢磨不透。他说话简短生硬，想方设法避免与对方的目光接触。他每说完一个观点之后，就停顿好长一段时间，所以给我们的印象是：他的胡子下隐藏着的那份嘲讽，不是针对我们而是针对生活。

乔纳森知道他的父母与别人的不一样。他总是要对我们解释他们的所作所为，破译他们令人费解的行为。尽管他的母亲看上去热情洋溢，但在她眼里隐藏着一丝焦虑不安。她的嘴时常半开着，好像在绞尽脑汁寻找答案。而坦布·科希早就认定这世界是不可信的，他的怀疑是与生俱来的。他不相信任何事物的外表，不相信任何人，总流露出一种微妙的轻蔑和鄙视的表情，是那种自视才智高人一等的人，这种个性是因为他博览群书又在职业中接触了过多的丑闻而形成的。

卡鲁娜·科希在班德拉的一家男校教英国文学。她把学习不好的学生带到家，免费辅导和帮助他们，跟他们引用柯勒律治①、蒲柏②、丁尼生③和勃朗宁④的诗句。在那华美、预言

---

① 塞缪尔·泰勒·柯勒律治（1772—1834），与华兹华斯和骚塞以"湖畔派诗人"著称。
② 亚历山大·蒲柏（1688—1744），英国诗人，以讽刺诗著称。以十三年时间翻译了古希腊史诗《伊利亚特》和《奥德赛》。
③ 阿尔弗雷德·丁尼生（1809—1892），是英国最著名的诗人之一，也是华兹华斯之后的英国桂冠诗人。
④ 罗伯特·勃朗宁（1812—1889），英国诗人和剧作家。

性的诗歌里，在那慷慨激昂的诗词中，她努力为他们找寻生活的节奏、生活的起伏。站在那儿，她双手叉腰，把诗歌逐节吟诵，把她的精神生活传递给她的学生们。她最喜欢的是柯勒律治的诗："硕大海无边，只我一人船，神鬼是踪迹，抚我苦中哀。"①和莎士比亚的《哈姆雷特》中的"良知使我们成为懦夫！②"按她的说法，莎士比亚其实是个心理学家，济慈③是最浪漫的诗人，教皇是最伟大的唯心论者，而且她有足够的证据支持她的理论，不但有证据，还有激情。在乔纳森家里所有这些补习都是免费的，在高考之前，补习还会延迟到深夜，乔纳森的妈妈会准备好一顿丰盛的饭菜端到她的学生们面前，说："快吃！"然后站在他们身后，慷慨地给他们加菜加饭，直到他们吃饱了为止。

"妈妈有一颗金子般的心，但她得到却是柠檬般心酸的爱。"一天，乔纳森对我们说。我们都懒洋洋地躺在巴利山104号的草坪上，斜靠在台阶上，思绪随着喀拉拉大麻而漂浮。"她不应该嫁给爸爸，绝对不应该！因为她不能在他们的婚姻中得到一丝快乐，也得不到任何理解，所以她开始对其他的男人抱有想法。"

---

① 引自柯勒律治的《古舟子吟》，周兰京译，明雷出版社。
② 译文源自《莎士比亚八大名剧》，英语学习大书虫研究室译，伊犁人民出版社。
③ 约翰·济慈（1795—1821），英国诗人，浪漫派的主要成员。

他睁大了眼睛看着我们，厚实的胸部在不停地起伏。我们猜他要告诉我们瞠目结舌的事情，赤裸裸的真实的事情。乔纳森就是这样的人，他实话实说，毫不隐瞒。他不介意对我们袒露他的苦痛，不介意原原本本地全盘托出。

事情来得太突然了，他们要离婚了，要各走各的路。他们觉得孩子们够大了，所以"现在"应该是时候了。对，没错！他们正在拆散这个家，纠正他们所犯的错误。这样做的后果是：这一切都转移到了塞缪尔和乔纳森的身上了。

"从一开始就他们就错了，"乔纳森伤心地说，"他俩是两种不同类型的人，完全相反。妈妈外向，喜欢与人交往，渴望朋友。爸爸却过于保守，过于谨慎，没人知道他心里在想什么，多数情况下他不听人说话，有时我们觉得他什么都不在乎。对他来说，工作才是最重要的，还有他那些读的书。我不记得爸爸带我们出去过一次，或问过我们在学校怎样，或问过我们对将来的职业有什么打算。"

这时，他停下来，泪水模糊了他的双眼，嘴唇也在微微颤抖。再开口时，他很缓慢地说："妈妈跟爸爸的几个朋友好过，但你们知道吗？我认为爸爸其实鼓励她这样做，他希望是这样，作为自己愧对她的一种补偿。当我看见妈妈眼里的那种爱，当我看见她对爸爸的朋友的体贴，真是让我伤透了心。我意识到她把所有的爱都给了那个男人，我知道这也让山姆很痛苦,也让他痛苦不堪。但慢慢地,我开始明白她其实是在试图填补她心中的空虚。和爸爸在一起的生活是毫无生活可言,他从不带她出去,不说一句赞美之词,从不问她今天怎样,是否能应付一切。妈妈一天在学校要教上百个学生,之后还要给那些孩子免费补习,然后要做饭、清理、洗刷,还要带两个孩子,所有这一切都是她一个人做。爸爸从不明白这有多辛苦。如果妈妈邀请朋友到家,爸爸只是匆匆跟他们打声招呼,然后就消失在他的书房里,关上门开始读书,让妈妈很丢面子、很受伤害。她希望有人明白她的痛苦,她渴望得到那么一点点同情,一点点理解。她并不是为寻欢作乐跟别人在一起。不是,妈妈是在寻找什么,在不顾一切地寻找。在每一段关系中,她在寻找一种安全感、一种保障感和一种承诺。我知道她是个真正的浪漫主义者,时常在看影片时落泪,当影片结束时,她看上去愈加困惑,她的眼睛似乎在问:'这是否就是生活,快乐结局是否真的是可能的?'但是,她生命中出现的所有的男人就只是为了那一样东西。他们都酗酒成性、见利忘义,如同他们报道的新闻一样转瞬即逝。他们只管享受妈妈奉献的一切,没有给她任何回报,起码不是她想要的。这真是令她伤心透了,几乎要了她的命!这时,爸爸认识了这个女孩——一个实习记者。她被分派到他那儿工作,刚满二十三岁,聪明过人,一个傲气十足的理想主义者。爸爸在她身上发现了自己喜欢的东西，让他想起年轻时代的自己。他教她新闻报道的所有技巧，这样和她的接触就可以越来越多。慢慢地，他爱上了她，她也爱上了他，而且他们都毫不隐瞒这份爱。妈妈得知实情后，决定支持他们。她不仅邀请这个女孩到家来，而且还教她做爸爸最喜欢吃的饭菜。我和山姆目睹这一切后，心里在想，见鬼了！这是真的吗？再看看妈妈，我们试图在她脸上找到一丝痛苦，但她看上去很平静，看上去似乎是真的替爸爸开心。她甚至同意跟他离婚，不问他要一个卢比的赡养费。现在，她在迪拜找到了一份工作，做家庭女教师，很快就要走了。爸爸跟他的女朋友要搬到德里去，他正在卖我们在哈尔的房子，我和山姆只有一个月的时间搬到招待所或寄宿到别人家。山姆清楚地表态他要自己住，他需要自己的空间，自己的隐私。爸爸说我们必须学会合理开销他给的生活补助，但他不会给太多，因为他自己也要重新安排新生活。"

在我们看来，显然乔纳森的父亲要对这场失败的婚姻负责。他根本就不应该结婚，根本就不应该有孩子，丝毫都没有挑起照顾其他三个人生活的责任。我们原以为乔纳森会为因此鄙视他，会因他拆散这个家而指责他。但是，没有，他没有丝毫的责备。没有愤怒，没有敌意，他有的只是悲哀，带着一丝伤感的悲哀，还有他的眼睛和言谈中露出的那份无精打采。他总是不愿回家，总是逗留在巴利山114号，喝酒、聊天、在阳台上抽大麻、在沙发上睡觉，迟迟不肯离去。在我们看来，这是一个靠自己长大的孩子，生活就是他的父母，苦痛就是他的老师。

四

在他父母离开之前，乔纳森突然变得沉默寡言。他的父亲先离家而去，一心向往着他的新生活，对他留下的残局漠不关心。他的母亲一个月后也离开了家，看上去有点紧张，但她天性就是这样。山姆很清楚地表态，他不会跟弟弟住在一起。山姆勤奋好学，生活很有规律，他总是早起，锻炼身体，饮食简单，每天都读《圣经》，喜欢独来独往，对女孩和音乐都没有丝毫的兴趣，对大麻，他有点犹豫不决！

所以，两兄弟不得不分开了，这也是不可避免的。鉴于山姆是个"天才"，爸爸为他支付了一笔昂贵的费用，让他搬进了学校宿舍的单人间。可是，乔纳森每个月却只有1500卢比① 的生活开支，他必须用这笔费用支付他的房租、衣食、书本还

---

① 1人民币大约为10.02印度卢比。

有学校的学费。

看得出来,他忧心忡忡,心事重重。虽然脸上依旧挂着永不言败的微笑,但他不再那么幽默风趣,不再那么积极乐观。看得出来,他在为生计而犯愁。他能应付这些吗?会有什么额外的开支吗?如果生病了又该怎么办呢?他的自尊心不容他向父亲要更多的施舍。

阿米·可汗从安瓦尔那儿得知了乔纳森的状况,她选了个单独与他在一起的机会,建议他可以寄宿在佩里十字路上的一个临时住处,一套一房一厅的公寓。他们原本是为住在城外的一个演员租的,但那人已不再住在那里了,房子现在空着,家具已配备齐全,而且预付了一年的租金,所以乔纳森可以随时搬进去住。

乔纳森真搬进去了,原来那是个很舒适的住处:是套在一楼的公寓,卧室很大,天花板很高,阳台连着门廊。房子四面通风,从房里可以看到一条安静的马路。家具都是老式的,正是乔纳森喜欢的风格。

女房东叫埃斯美拉达·平托,住在顶层,是位退休的教师。她是个老处女,干净整洁,做事井然有序,身体瘦弱,说一口纯正的英式英语。她是阿米·可汗的朋友,对穆斯塔法·可汗非常尊重。女房东说她欠他人情,因为他资助了她先父很多音乐项目。

亚力克斯·平托曾经是孟买码头的会计总监，但他却是个天生的音乐家，是班德拉剧团的指挥。他非常多才多艺（她在与乔纳森一起喝薄荷茶和吃枣泥核桃蛋糕时谈到这些），他能用英文、马拉地语①和孔卡尼语②写歌，然后在电台演唱。每年的共和国日和独立日，他带着他的乐队去德里，这个由四十名音乐家组成的大型交响乐团在那里为总理和其他声名显赫的人物表演。他们之所以可以这样做，都是因为穆斯塔法·可汗资助了他们的旅行和住宿开支。

埃斯美拉达·平托还谈到另一个人，他把音乐带到了班德拉，他的事迹鼓舞了许多像他父亲那样的人。

这个人就是神父约翰·德梅洛，人称"快乐神父"。他是班德拉第一个铜管乐队——圣保罗乐团的创始人，乐团创建于1890年。当然，埃斯美拉达那时并没有出生，但她从她父亲那儿听到这些故事。年轻的亚力克斯·平托像个孩子般崇拜着这位活力四射、令人心潮澎湃的快乐神父。

约翰神父相信音乐是神圣又是现世的，认为音乐是改变生命的一种方式。他写了许多祝福曲、圣歌、弥撒曲和音乐剧，鼓励大家参加合唱团，把他们的歌声奉献给社区。

在圣诞节和复活节，约翰神父把乐队分成三个演出团，这

---

① 印度西部马哈拉施特拉邦的口语。
② 印度果阿和马哈拉施特拉邦的主要语言。

样他们就有可能在三个教堂演出：圣彼得教堂、蒙特卡梅尔教堂，还有一个在达达区的教堂。那时午夜过后就没有火车了，所以圣诞弥撒之后达达演出团就得步行回来，要走整整四英里，还要背着他们的手风琴、单簧管、萨克斯管和长号。当然，途中他们会取下挂在腰间的小酒瓶，喝上一口，这时，约翰神父就会故意把头扭向一边装作什么也没看到。

"那个时候社区就意味着一切，是唯一重要的事情。"埃丝美拉达·平托说，"乐队所有的收入用来组建其他教堂的合唱团，修建学校和修护教堂。"

"埃斯美拉达阿姨把我逐渐变成了一个班德拉的孩子，"乔纳森说，"我喜欢这样！"

从他与埃丝美拉达·平托的一次交谈中，我们知道了班德拉的体育馆是怎样建起来的。这要感谢德蒙特医生的慷慨解囊，他主动捐赠了7500平方码[①]的一块地，另外3400平方码[②]由萨尔塞特天主教合作住宅协会提供，还有3400平方码是德蒙特医生的朋友J. R. 阿瑟德提供。那时，很显然只要可以造福社区，只要可以建立紧密团结的关系，大家就会不假思索捐出土地。

每个星期乔纳森都会与女房东喝两次下午茶。他说，她让

---

① 相当于6271平方米。
② 相当于2843平方米。

他想起他的祖母,在喀拉拉,是他妈妈的妈妈。外婆叫他"乔纳潘",她总是不知疲倦、反反复复地对他讲述她童年时代的故事。

有时在喝茶的时候,乔纳森会被盘问。他怎么会没有听说过塞德里克·赛普斯,那个著名的运动员?或欧文·德苏扎,那个杰出的网球手?或者丹·布里托,那个《印度时报》的专栏作家?那维克托·戈梅斯呢?他为《主考人》写专栏。埃里克·博卡罗?那个最优秀的主持人。还有菲利普·纽纳斯?为了给战争遗孀和孤儿们筹集资金,一人骑自行车环游了半个世界。

"对不起,阿姨!我都没听说过!"乔纳森回答说,没忘装出一副窘迫的表情。你不想让埃斯美拉达阿姨这样的好心人失望,你不想令她沮丧,你只是想鼓励她继续说下去。

这样她又开始接着盘问了。你至少应该知道班德拉的供电归功于一个名叫利奥·罗德里格的律师吧?他刚满二十九岁时就代表巴利山出席班德拉市镇委员会,才二十九岁,你敢想象吗?!

在利奥负责接管之前,班德拉只有几条街可以用煤气和煤油来照明,大多数地方都是在黑暗中。一旦街上的电装好后,居民们纷纷盛装出行、笑容以待、相互问候。这样,烈性酒的消费减低到配额的一半,所以很多妇女都对利奥非常感激。

利奥·罗德里格还负责给希尔路的路面铺上沥青;建好了地下排水系统,因此摆脱了疟疾的威胁;改善了班德拉的整个供水系统,包括最贫困的区域在内。他还帮助修建了不少图书馆,在卡尔和巴利村开设了两个集市。因为他的杰出贡献,教皇在1960年封他为爵士。随后,他又被光荣地誉为"现代班德拉的创建者"!

有时,埃斯美拉达会激动得站起来,穿着一双人字大拖鞋走到卧室,拿出那些陈旧的教区报刊,上面登着家禽店店主的广告:"产蛋的母鸡一只十个卢比",还有殡葬承办人在死者葬礼前提供雕像服务的广告。

大事小情那时都是新闻,都要与大家共享!比如说,如果有谁找到工作或升职了,都会在教区杂志上刊登。如果有谁以优异成绩毕业了,这值得庆贺。还有,如果你因公务要出国了,你就等着教区为你举办一场盛大的告别会吧!数日的载歌载舞和美味佳肴,远行者就能感受到,他并非一人出行,而是带着整个社区的希望。乔纳森接着说:"我也喜欢听阿姨讲她年轻时候的故事,因为它们讲述了一个逝去的天真浪漫的年代,一个我们无法想象的充满魅力和纯真的年代!"

埃斯美拉达阿姨也很乐意地谈起了她和她的朋友们是如何把自行车拴在树上,然后游去河中的灯塔。或者,当长辈们在晚上打牌时,他们会悄悄地溜出去,和住在教堂路的来自印度东部的男孩们在月光下泛舟。其中一个男孩现在从事海鲜生意，做得很成功，把虾出口到了澳大利亚和日本；另一个男孩是一所知名的美国大学海洋生物系的系主任，已经出版了四本书，并得到海洋局的资助。

她有喜欢过他们中的哪个男孩吗？曾爱过他们中的哪个男孩吗？乔纳森斗胆问过她这些问题。

没有，没有！那个时候她非常害羞而且非常畏惧她的父亲，标准的严父，严厉但很公正。

谈到父亲，她眼里总是噙着泪水。此时，乔纳森总是会想，这是否就是她没有结婚的原因，因为没有人能比得上充满自信的亚力克斯·平托，没有人比得上活泼时尚的班德拉剧团的指挥家。

接着，她又说起以前在狂欢节时，住在教堂路、圣西里尔路、坎特瓦迪路和圣保罗路的居民们带上自己做的特色菜去狂欢，其他的班德拉人都会去品尝。最后，他的父亲和他的剧团进行表演——一出戏剧或音乐剧。对此的反应是，人们往往要谈几个星期，电台也会要求授权播放他们的节目。

言谈之间，埃斯美拉达阿姨常常是眼里闪着光芒，几颗泪珠潸然而下。乔纳森马上安慰她："阿姨，时代不同了，那些日子一去不复返了！"

乔纳森这么好心做她的忠实听众，作为回报，埃斯美拉达阿姨总是让他品尝她做的美味佳肴。她给他做羊排、咖喱羊肉、葡萄牙炖肉、辛辣咖喱、泽库提咖喱还有牛舌、鸡肝和孟买鸭配上酸辣酱。圣诞节期间，她还给他做酒、贝宾卡七层糕、卡卡油炸小甜点和杏仁蛋白糖果。圣诞节时，在她的圣诞树下总有一份给乔纳森的礼物，那礼物是她特地让她的外甥从迪拜寄过来的。有一次，他收到了一瓶古龙香水的礼物，但他其实很讨厌这种香水；还有一次，他收到佩里·科莫①的精选歌曲专辑，他根本就不听这歌手的歌，但他还是假装彬彬有礼、满心欢喜地接受了。

埃斯美拉达·平托一年回果阿邦②两次，回去她的老家阿萨冈村。

有一次她回来时，乔纳森请她从住在马普萨镇的一个朋友那儿带了一个包裹回来。他说包裹里是杏仁法奇奶糖，但真相是：在几层厚厚的浓香奶糖的下面平铺着很多条状的哈希什大麻，那都是从安君纳海滩的一个毒贩手中买来的。

回来的路上，她坐的大巴被一队警察给拦住检查，她认出带队的是督察埃尔菲·布兰甘扎，他是她以前在奇姆拜村教过的一个学生。

一看见她，埃尔菲就开始结巴了："嗯……嗯……嗯……

---

① 原名皮耶里诺·罗纳德（1912—2001），美国歌手，电视明星，人称"C 先生"。
② 印度面积最小、人口第四少的一个邦，曾是葡萄牙的殖民地。

平托夫人。"他一开口就令他的下属瞠目结舌,他们所知道的督察是个口齿伶俐的硬汉,但这是有典故的。那时,学生时代的埃尔菲总是在课堂上被点名叫起来,因为他发不出单词里"h"的音,例如:"三"(three)、"扔"(throw)、"大拇指"(thumb)、"打雷"(thunder),这样"三"就成了"树"(tree)、"扔"就成了"相信"(trow)、"打雷"就成了"堂德"(tunder)。不管他如何努力,他总是被"h"给挫败。二十年后的今天,同样的一双无所畏惧的眼睛要把他看透,她问他:"埃尔菲,今天是星期几?是一周中的哪一天呢?"埃尔菲觉得羞愧难当,整整六英尺二英寸[①]的他呆若木鸡,小声嘀咕着:"星……星……星期二。"埃斯美拉达·平托沮丧地摇摇头,说:"埃尔菲,看来你还是没学好这个发音,对吗?也从来没有用我教你的方法练习,在舌头下面含一块糖。"埃尔菲结结巴巴地道歉后,急急忙忙为大巴开路。

对埃斯美拉达来说,这一幕很可笑,每次谈起此事她总略带困惑。"你真应该看看埃尔菲的脸,看上去比在学校的时候还紧张!"但当乔纳森听到大麻差点被查到时,他冒了一身的冷汗。坐在她的餐桌旁,他的面前摆着一碟果阿邦的香肠,他在心里默默地祈求宽恕。不能做这种事了,再也不能做这种事了!他怎么可以对老太太做这种事?当他离开时,埃斯美拉达

---

① 相当于1.88米。

阿姨递给他一瓶波特葡萄酒,说:"这是给你的,孩子,专门带给你的。好好品尝,但不要一下就喝完!"听完这话他感觉更加羞愧难当!

每次在她度假之前,她总是为他备好一罐罐的辣味虾和茄子酱,这样当他月底没钱用了,就可以把它们抹在面包上然后狼吞虎咽。

除了埃斯美拉达阿姨外,乔纳森还有另外一个天使般的监护人照顾他。阿米·可汗时常派她的司机给他送外卖——装在铁饭盒里热气腾腾的美食,说这是他们在拍电影时多订的外卖,而那些食物足以让乔纳森享用好几天。

阿米·可汗欣慰地看到她的朋友对乔纳森照顾得很周到,但她还是时不时提醒他租约只是暂时的,总有一天,埃斯美拉达·平托会把房卖了搬到果阿邦,但在这之前,乔纳森可以尽情享受班德拉的生活——一种与外界隔离、备受呵护、充满关爱的生活,个人的不幸在这个温情四溢的社区里无法停留、无法扎根。在人类温情的乳汁中,所有的危机都会被化解,所有的创伤都会被抚平、会愈合。乔纳森并非萎靡不振、意志消沉之辈,更何况他还有那么丰富的想象力。对,想象力:他那发挥得淋漓尽致的想象力,让我们的记忆充满生机和活力,让我们的记忆不因岁月的流逝而消退!

五

我们与乔纳森在一起的快乐时光多数是在"棕榈树"寻欢作乐的日子,"棕榈树"是班德拉的一个上流阶层光顾的俱乐部。我们其实在那儿并没有什么事,但却时常泡在那儿。大家总是坐在泳池边,穿着泳裤,身旁摆放的是装着啤酒或鸡尾酒的高脚杯,白色矮桌上放满了烟盒。周边是一群脸蛋迷人的姑娘,她们与我们年纪相仿,或许更年轻一点,个个身穿比基尼,长发披肩,露着白皙、光滑、丰满的大腿。她们对我们的恭维(其实主要是乔纳森的)是心花怒放、欣然接受。趁着打情骂俏我们把她们拖到泳池边,一起跳入水中,接着小心翼翼与她们的身体发生接触,然后逐渐增多,由点到面。哈哈,多亏了我们喝的那些酒和躲在洗手间里偷吸的大麻!

这都是乔纳森的主意,挖出了那个没有住在印度,但又是俱乐部的终身会员的印度人。这人很少来孟买,这样我们就可以随意使用他的会员账号。我们之所以可以这样做,是因为对一个老侍应生行贿了一笔小钱,他是我们在赌博的"海狗"赌场认识的一个常客。

改名换姓又拥有了会员身份之后,乔纳森摇身一变成了普雷姆·科蒂亚尔——拉吉·科蒂亚尔的儿子。拉吉是伦敦的航运大亨,但他很少来孟买。

乔纳森说有这样一类人:他们希望保留自己的"根",但又要与乡土保持一定的距离。他们的特权理应可以借用,他们理应为自己对故土的冷漠付出代价。拉吉·科蒂亚尔不会注意到账目的这点差异,他的账单是由其伦敦银行直接支付,他不缺这几千卢比,也不会为这种小事担心。我们应该让派对尽可能长久地继续下去,乔纳森说完,昂首阔步走进俱乐部大堂,眼神不可一世,迈着俨然是一个富家公子的步态。

在这里,我们必须坦白的是:吸引我们的并不是这个骗局本身带来的利益,而是弄虚作假带来的那种高度刺激感。事实是我们正濒临危险的边缘,事实是真相随时都可能败露,事实是对这种胆大包天的恶作剧,我们既兴奋不已,又颇有成就感。这场戏究竟可以表演到哪一幕,大家都在拭目以待!

在这场戏中,姑娘们是最重要的!一切都是为了吸引她们,哄骗她们,令她们认为我们是有钱人、很有魅力、很有钱!

适当的炫耀是必须的,所以我们让姑娘们随心所欲地点菜,给她们点异国风味的鸡尾酒,把她们灌得醉醺醺。晚上临走时,再让她们给家人带上一盒油酥糕点,这些往往都是乔纳森主动提议的,所以姑娘们总是对他投以感激的目光。

我们总是在迪斯科舞厅,或是航空公司的旅馆与姑娘们见面。在那儿,我们可以跟她们打情骂趣。邀请她们到俱乐部让我们觉得很体面,因为这让我们感觉有地位、有身份、有名誉。在俱乐部,坐在这片海风吹拂的草坪上,乔纳森令姑娘们心醉神迷。后来我们才明白,他大致根据自己生活的真实片段,信手编造了一个故事讲给她们听,说他是如何应对被"抛弃"后的生活?在这件事中,航运大亨拉吉·科蒂亚尔就是那个罪魁祸首,拉吉和罗蜜拉·科蒂亚尔忙于各自的生活,一门心思都在社交活动上,不是什么好父母。我们当然知道这个故事从何而来,灵感源自他自己的经历。在这个故事里,叫什么名字并不重要,重要的是悲剧变成了喜剧,重要的是他根据现实创造了一部构思巧妙的小说。对乔纳森和他的人生经历,姑娘们简直是听得如醉如痴!

一年之后,他突然变得紧张起来了。"哥儿们,我们得撤了!"他说,"我在尽量避开鲁琪塔,我不想她在俱乐部大吵大闹!"

鲁琪塔·拉纳是个长相迷人的姑娘，来自辛布尔[①]，乔纳森经常与她约会。他们是在一个下午茶会上相识的，乔纳森教她跳牛仔舞。鲁琪塔身材娇小、苗条，长着一双活泼动人的大眼，总是笑盈盈，很令他心动。同样地，她被他的风趣幽默和夸夸其谈所吸引。与乔纳森在一起，她可以忘却自己的烦恼：她父亲是个纪律严守者，吝啬又喜怒无常，时常大发雷霆；还有她那虚弱、劳累过度的母亲，患有间歇性晕厥症和焦虑症。

鲁琪塔天生讨人喜欢。她喜欢与人打交道，希望可以到世界各地看看，希望能在航空公司工作。她的父亲，循规蹈矩又顽固不化，是个控制狂。按他的说法，与男孩子约会是绝对不允许的，要受到地狱般的惩罚，他决不允许她在航空公司工作。

但是，现在她有办法逃离悲惨现状了，普雷姆·科蒂亚尔就是救世主的化身，出现在她生命中。年轻、聪明的普雷姆，他给她的生活带来了光明和欢笑，他教她如何撒谎、如何去冒险。她从他那儿获得自信，对他的话坚信不疑。随着时间的推移，她逐渐爱上了他，爱得愈来愈深。

但是乔纳森很谨慎，只有其他女孩不在的时候他才邀请鲁琪塔到俱乐部。他这样教她，帮她想出如何对付她父母的谎言：比如说，她在图书馆准备考试；或在医院照顾朋友；或在

[①] 在孟买东部郊区。

血库捐献站做义工；或读书给盲人学校的学生听。

在俱乐部，他教她如何着装，如何梳妆，如何在餐厅点菜，读什么书，如何提高她的沟通技巧，如何在面试中展现自我；他对她的兴趣已非同一般了，这令他自己、也令我们很惊讶！

每逢周末，乔纳森用拉吉·科蒂亚尔的账号买几盒万宝路的香烟，然后把香烟卖给槟榔小贩，再用这些钱安排去马诺里和戈来的一日游。在海边，他会租一间简陋的小屋住上一天，这样他就有可能与鲁琪塔在一起亲密温存。考虑到他们在一起有一段时间了，我们猜乔纳森这回也许动真格了，所以当他宣称要断绝他们的关系时，我们很诧异，也很失望，因为我们都很喜欢鲁琪塔。我们认为他们在一起很般配，但是当她宣布自己怀孕的消息时，他慌了，他想退出，希望我们都不再去那个俱乐部。

对鲁琪塔来说，这是个非同寻常的孩子，是机遇，是福音。这孩子能拯救她，带她走进乔纳森的生活，还可以带她去国外生活。除此之外，还可以帮她摆脱父亲的压迫，这才是解决她所有问题的方法。抛开她自身的利益，她确实爱乔纳森，她喜欢他的自信和毅力。

这个可怜的姑娘来自辛布尔，她逐渐相信她和乔纳森是前世的知己，注定今生今世要结合在一起，而这个孩子就是他们结合成功的标志,是他们命中注定、牢不可破的终极纽带。

我们的朋友——那个老侍应生,给我们通风报信。有一个月的时间,鲁琪塔就待在俱乐部的大厅,等着乔纳森,等着我们中的某个人出现。因为没有一人露面,她开始变得心急如焚。抱着一个大手袋,在大厅守候了两个星期,直到最后经理不得不礼貌地提醒她,虽然每个客人对他们都很重要,但谁都不允许没完没了地坐在大厅等候。绝望之下,她铤而走险。在俱乐部的洗手间,她一口气喝下了半瓶杀虫剂,所以她被救护车一路呼啸着送进了医院。在医院的重症救护室,鲁琪塔的父亲才得知她女儿怀孕了。

他顿时火冒三丈,冲到俱乐部,要求见那个胆大妄为的混蛋,那混蛋把他女儿给——"啊,没什么!"他说,他只想跟那个男孩的父亲谈谈;他父亲在伦敦也没什么大不了,那里是晚上时间也没什么大不了。事态严重,不能等!

俱乐部经理小心谨慎地表明了他的意见,小科蒂亚尔先生并不在孟买,但他保证小科蒂亚尔先生绝对是个正人君子,十足的绅士,每次付账都会赏给大家一笔慷慨的小费。

她父亲态度非常强硬,坚持要与科蒂亚尔先生通话,是拉吉·科蒂亚尔,他本人!是非常重要的事情,他还不想报警,还没到时候!

"一个非常令人讨厌的家伙!"那个侍者说,我们用炒辣虾和啤酒贿赂他,换来了下面的信息,"他个头很大,怒气冲冲,眼睛里燃烧着怒火,拳头如榔头般挥舞。那天,他大喊大叫,把前台的桌子拍得砰砰直响,把我们吓坏了,因为他看起来好像要把俱乐部夷为平地。如果他想这样做,是绝对有可能的,因为他有大猩猩般的个头,公牛般的脾气,我跟你说,他是一个再令人讨厌不过的家伙!"

最后,俱乐部经理只好退步,把拉吉·科蒂亚尔的电话给了他,但要求他不能说出是哪儿得到的电话号码。

拉纳先生接着就给伦敦那边打了电话,整件事就这样败露了。警署也立了案,罪名是造假、欺诈、图谋不轨、玩弄女友。很幸运,我们从这个侍者那儿预先得知了这一切,这样大家就赢得了时间可以逃之夭夭。毫无疑问,我们要搬到那个唯一可以让我们避难的地方,要住上好一段时间了。

两天之后,事情被披露出来了。《印度时报》报导了五个骗子,文章声称他们都"英俊年轻,年龄在二十至二十四岁之间,但作案如同惯犯,胆大妄为、温文尔雅、能言善辩。"幸运的是没有登照片,但乔纳森是报道中的主谋。文中他被描述为"幕后操纵者",是这场贪婪的阴谋骗局中的主谋。"

整整一个月的时间,我们都待在巴利山104号,只有在晚上才敢斗胆冒险出门。

安瓦尔备足了影片供我们白天观看,我们把以往所有的电影大师都过了一遍：伯格曼①、布纽尔②、科克托③、法斯宾德④、费里尼⑤、福特⑥、戈达尔⑦、黑泽明⑧、塔可夫斯基⑨、和特吕弗⑩。晚上，我们就在他家的酒吧旁讨论那些影片，大家畅所欲言，发表可以拍好片、写好书的想法。夜深的时候，我们就开车去卡特路或班德拉滨海大道兜风，及时赶回来喝酒、吃晚餐、再抽上一两根大麻。

安米·可汗没有问我们任何问题，为什么我们要待在她那里？为什么白天不出门？她只是问我们午餐晚餐都想吃什么？我们不知她是否知道或怀疑过，因为她从未提过，她要我们每天都给家里打个电话，告诉父母我们的行踪。

像冬眠一样待了一个月后，乔纳森对我们说："我要治治这个混蛋，鲁琪塔的爸爸！他让我们沦为逃犯，剪断了我们自由的翅膀，使我们不能飞翔。他必须为此付出代价，你们同不同意？"

---

① 英格玛·伯格曼（1918—2007），瑞典导演、编剧和制作人。
② 路易斯·布纽尔（1900—1983），西班牙电影导演。
③ 让·科克托（1889—1963），法国诗人、作家、舞台设计师、剧作家、艺术家和电影导演。
④ 赖纳·维尔纳·法斯宾德（1945—1982），德国电影导演、演员、剧作家和戏剧导演。
⑤ 费德里科·费里尼（1920—1993），意大利电影导演和编剧。
⑥ 约翰·福特（1894—1973），美国电影导演。
⑦ 让-吕克·戈达尔（1930— ），法国和瑞士籍导演。
⑧ 黑泽明（1910—1998），日本电影导演和剧作家。
⑨ 安德烈·塔可夫斯基（1932—1986），俄国电影导演。
⑩ 弗朗索瓦·特吕弗（1932—1984），法国电影导演。

我们理解他所受的创伤,明白他所受的伤害。实际上,乔纳森就是海鸥乔纳森·利文斯通①,是那只教其他海鸥飞翔的鸟。他父亲并不是贸然给他取这个名字的,乔纳森生来就注定要找寻自由、展翅高飞。像我们这群瞻前顾后的海鸟们别无选择,只能步其后尘。

两个月之后,他终于有了报复的机会。事情的经过是这样的:

一天下午,我和乔纳森刚走出班德拉车站,就被一群笑容可掬的福音传道士围得无路可走。他们围着我们拍掌、跳舞,弹着吉他,引吭高歌。他们向上帝乞灵,声称他就近在咫尺,保佑着我们。这群人在我们面前挥舞着圣经,要我们跪下,感谢上帝拯救了我们!难道我们没有感受到他的能量,他的力量吗?从这一刻起,天堂之门已向我们开启,我们要做的就是走进来、看完之后信奉基督。

出乎我的意料,乔纳森兴致勃勃地看着他们说:"听我说,哥儿们!现在不是做这事的最佳时机,我们正赶着去参加一个重要的会议。我能感受到你们散发的能量,这样,如果你们帮我个忙,我一定会信奉基督。"

"没问题,哥儿们!"他们的头儿说道,一个高个儿、面

---

① 《海鸥乔纳森》为美国作家理查德·巴赫创作的寓言性小说,于1970年出版,并在美国创下出色的销售记录。

带微笑的西方人,长着长脸,有一对酒窝和一双蓝眼睛,苍白柔软的肌肤。

"我希望我的家人也能加入,我希望他们能感受到你们基督的能量,并亲身体验到。他们的生命中可以有某种信仰,而你们这群人完全可以帮他们找到答案。"他停下来,看得出来,他们都在侧耳聆听。

"我希望你们能到我家来,星期天早上我们都在家。一大早就来,六点左右吧!按了门铃后,你们就开始弹吉他,引吭高歌,尽情摇摆,我是说,不要有任何顾虑!我知道我父母会喜欢的,一旦你们用音乐征服了他们,深深感动了他们,他们会非常乐意听你们的。我想哥儿们你们能做到这些,对吧?这样就帮我大忙了!"

他们的那个头儿,紧紧抓住乔纳森的肩膀,激动地说:"没问题,兄弟!就这么说定了!你对上帝敞开了心扉,从现在起,你会看到你生活的转变会有多么快!只要你把地址给我,我们就一定会去,我们四五个人怎么样?"

"多多益善!"乔纳森兴高采烈地说,"我希望家里人能感受到我们是宗教团体的一部分,是教会大家庭的一部分,所以多来点人,留下来吃早餐,我们会很乐意的,真的!"

一个年长的传道士走上前,他是瘦高个儿,光头。"你是个好人!"他神情严肃地对乔纳森说,"我们一定会去的,兄弟！相信我们，我们一定会去的！"

之后发生的事我们只能想象了，但是一想到在宁静悠闲的周日早上，面对一群吵吵闹闹的外人的侵扰，鲁琪塔的父亲会作出的反应，我们就忍不住捧腹大笑。我们知道他那一触即发的暴脾气，一定免不了有暴力事件发生。

"并不是说那些传教士会放弃，"乔纳森说，"他们会认为他需要从愤怒中被解救出来，而且他们会坚持不懈地纠缠着他，每天如此。"

我们原以为乔纳森在这之后早已忘了这个脾气暴躁的拉纳先生，但是他并没有。一天晚上，他来到巴利山104号，我们当时都在安瓦尔的书房，坐在豆袋垫子上，周围堆满了书和录像带。

他在空中挥舞着一本大杂志，"看我拿的是什么？"他激动地说着，翻到有个健美运动员图片的那页，那健美者穿着短裤，摆了个可以炫耀肌肉的姿势。我们的第一反应是，这男人怎么浑身是毛！头发如丛林般布满了前胸、肚子、背部和肩胛，靠近大腿处，腿毛如同黑色的波浪垂落下来。你几乎看不到他的一寸肌肤，但看得出他的骨头如同花岗岩一样坚硬。接下来的两页，这人摆出了各种不同的姿势，紧咬牙齿，收紧肌肉，露出一副凶悍、刚毅的表情。

"噢，天哪！乔纳森，那是谁？"安瓦尔问道。

"是他呀——那个傻瓜!看看他的姓,跟鲁琪塔一模一样,而且地址也证明了就是他!"

的的确确就是她的父亲,因为他留的地址是辛布尔·纳卡!

我们凑上前,围着杂志。上面登着那些梦想成为模特的男男女女的照片,渴望在电视广告或电影中得到一线机遇。一页又一页都是这些准明星、准模特迷们的照片,那些男人们,满脸的渴望,或充满自信地微笑着,或是面带沉思,温文尔雅。那些女人们,满脸的风骚,噘着嘴,嘴上和脸上都是浓妆艳抹。

"有人靠这赚大钱了!"普拉肖特说,"一群傻瓜!……乔纳森,你到底从哪里弄来这份杂志的?"

"在班德拉车站买的,很便宜,但是最大的傻瓜还没有上钩。现在都别出声,哥儿们,好好听着!"他说。

他一屁股坐在豆袋沙发上,很快从地毯上拿起电话。按着杂志那页登的电话打过去,然后等着对方答复,电话的另一端在叮叮地响着。"第一幕,第二场。"他低声说,打开了电话上的免提功能。

一个女人接了电话,拖着长长的尾音说了句"你好"。听上去有点紧张,也并不友好。

乔纳森停顿了好长一段时间,确定不是鲁琪塔后,他要求跟拉纳先生通话。乔说自己是虎头制片公司打来的,他在电影制作部门工作,有急事要与拉纳商谈。如果他不是太忙,可以和他通话吗?如果拉纳先生在忙于拍片的话,那他就晚点再打来。

电话的另一端停了一下,很明显的停顿。然后,那个女人接着说:"他不忙,就在这里。稍等一下,请稍等!"

接着电话里就传来了身强体壮的拉纳先生的声音,据他自己在杂志上声称,他非常注重自己的体型。"我每天要健身三小时,一天都不会错过!我严格控制饮食,只吃鸡蛋、牛奶、香蕉和生蔬菜。"他继续说,"我采用著名的摔跤选手达拉·辛格的常规训练法,让自己更为强壮。因此,我可以拍特技表演、打斗场景和做替身。我还是空手道的黑带选手,可以上台表演。我可以一拳击碎叠成塔状的二十块砖头,五十公斤重的冰块,还可以用我的下巴和颈脖把铁棍弄弯。"

乔纳森不失时机,马上接嘴说:"你看,拉纳先生,我们正在计划拍摄印度版的《人猿泰山》,看见您的照片我们非常兴奋。恕我直言,您的体型看上去非常棒,是一个真正的男子汉!"

"啊,谢谢!"拉纳说,语调中不知不觉地多了一丝得意和傲慢,"要知道,我非常注重自己的体型。每天早上还没去洗手间之前,我就做六百个俯卧撑了。每天晚上睡觉前,我还要做三百个。此外，我每天举重型哑铃，此外还跑三英里。虽然我很久没有跳绳了，但也可以试试。"

"您正是我们要找的那种类型，"乔纳森鼓励道，"一个具有钢铁般意志的男子汉！这个角色要做的事情很多，您知道泰山是个什么样的英雄，而且我们很希望影片可以展现这点。当然，我们会付给您报酬，我们可以支付可观的片酬。但是，为了让整件事看起来真实可信。我们希望，"他降低了声音，带着歉意说，"我们希望这没有给您其他的计划带来不便，我们知道像您这样的人一定非常忙，非常受欢迎，您手上一定有很多项目！"

"对，对，我手头上有很多项目。"拉纳迫不及待地说，"但是不用担心，我也可以安排你们的，可是报酬一定要好哦，呵呵！我并不是说我要价很高，但是我得先拒绝别的合约，明白吗？你必须赔偿我为此失去其他机会的损失。"

"当然"，乔纳森说，"我们完全理解，所以我们准备先给您一笔签约费，金额为二十五万卢比来表示我们的承诺。我们真希望现在就跟您预约，毕竟我们还没有找到一个像您这样技艺高超的人来演这个角色！"

电话的另一端停顿了一下，我们仿佛可以看到强壮魁梧的拉纳先生垂涎欲滴的表情。从鲁琪塔那儿我们了解到他收入微薄，在一家饮料公司做运输管理员，周末则靠卖基金单赚外快。

"啊,我想我会接受那笔签约费。你看我并不贪婪,我只做自己喜欢做的事情,况且泰山一直是我心目中的英雄,扮演他无疑是个挑战!"

乔纳森这时从豆袋沙发上直起身,双眼燃烧着怒火。"拉纳先生,这里我们需要更正一下,"他毫不客气地说,"您以为您可以演泰山,那就太自以为是了!无论以什么标准来衡量,泰山都称得上是英俊潇洒。我们打算给您的角色是猩猩大王,因为您身上的毛又黑又浓。我们希望您能明白自己的缺陷,也会认同这是最适合您的角色。对了,您连服装都不需要。"

稍停片刻,电话的那端传来了一阵刺耳的噪音,夹杂着不堪入耳的脏话,我们顿时群情激昂,奋起反击:"知道为什么吗,拉纳?你咆哮起来都像一只大猩猩!你有给自己刮过胡子和体毛吗?还是那一身黑毛就是你家祖先留下的传家宝?"还有:"嘿!拉纳,考虑一下把你自己借用给某个博物馆,好吗?你可以做一件很好的展品,这是让大家来看你的唯一方法!"

当然,拉纳把我们告到警察那儿,他无疑为此付出了代价,但乔纳森对他还没就此作罢。他给那本模特杂志上的好几个女人打了电话,声称他是拉纳先生,被选定出演印度版的《人猿泰山》,他要挑选与他联袂主演的女明星,所以她们必须到他的住处与他会面,很紧急,需要介绍剧情和试镜。

乔纳森打电话的那些女人中,刚好有几个是应召女郎,她们对乔纳森的提议自然是格外殷勤。他还把自以为是的拉纳先生扮演得惟妙惟肖,他让那些女人相信只要给他点小恩小惠,主角可能就是她们了。

几天之后,我们打电话给拉纳先生,把我们吓坏了,他居然哭起来了。他问我们为什么要对他这样做?为什么我们要派那些道德败坏的女人到他的家门,让他在邻居面前蒙羞受辱、丢尽脸面?他恳求我们放过他,放过他和他的家人,任他们自生自灭!乔纳森答应了他,但前提是,拉纳要从他荒唐可笑的健身作息中抽出时间陪家人。"我会盯着你的,你这个一身黑毛的混蛋!"乔纳森说,"务必让自己活得像一个正常人,好好照顾你那可爱的女儿!"

放下电话,乔纳森看起来神情忧郁。看得出,实际上他为拉纳感到难过,也许是为鲁琪塔。"我希望我能把她从那只大猩猩那儿解救出来。"他说,"但对她而言,我自身似乎就是一个谎言。如果再去编造另一个谎言——说爱是永恒的,那就真是不可原谅了!"

六

有一件事是肯定的：你永远不要冒犯乔纳森！他会迅速、不遗余力地反击任何挑战、任何对手。乔纳森是一个与生俱来、时刻备战的斗士，他会奋力拼搏去打败对手，虽然他处事的方式有些幼稚，有时还很任性，方法欠妥。作为他最好的朋友，我们总是小心谨慎、不超越他所能承受的极限。

与他争执往往是不公平的，他会把过错转嫁给你，而且做得令人心服口服！当然，我们在他眼里与众不同。我们允许拥有某些特权，我们可以直抒己见，可以发表异议，但前提是我们永远不能忘记面临的对手是他。其他招惹他的人就没这么幸运了，他不欠他们什么，也无需为他们着想，所以这些人要为自己的鲁莽无礼付出代价。

这是很多年前发生的事了，我们一起去斯特林剧院看电影。那是午夜场，所以电影院告诫大家：心脏病和高血压患者不宜观看！影评也提醒大家，此片不适合心脏脆弱者，因为有些镜头片段过于紧张、恐怖！

乔纳森入座后，就遇上了他时常遇到的问题：他的视线被前排的高个子男人挡住了。这男人秃顶，肩膀又宽，显得古板僵硬，让他看上去就像一堵人墙挡在乔纳森的面前。

电影开场后十分钟，乔纳森凑近他的肩头低声说："对不起，伙计！可以麻烦您坐低点吗？我看不到电影。"

这人头都没回，挥了挥手，对他的要求不予理睬。

可以理解，他看得很投入，这部电影的确扣人心弦。但是，乔纳森好像错过了所有的故事情节。这人看得如痴如醉，根本无意理会他的请求。而且看得出如果再打扰他，他可能就对你不客气了！

影片讲述了一个供富人居住的养老院，晚辈安排他们的长辈到此处终老。在养老院，只要用遗产中的一小部分，晚辈就可以让养老院的护理人员把老人干掉。谋杀是精心策划的，而且万无一失。他们用一种特殊的液体注射到养老者的脑神经，引起心脏的突然停搏而致死。导演巧妙地运用摄影技巧，配合暗淡、阴森的灯光效果，制造出一种冷酷无情的恐怖感。

这时，电影的高潮部分来了。一个老人倒在轮椅上，他身后有一张桌子，一个迷你机器人举着一根矛越靠越近。那根矛像针一样又细又尖，里面装的就是做死亡交易的那种液体。

正当机器人靠近老人时，电影切换到了做侦探的男主人公正疯狂地驱车赶到现场的画面。

观众们不知不觉地陷入了高度紧张的气氛中，我们都挪到了椅子的边缘，十指紧扣扶手，心跳得咚咚响，嘴唇发干。

迷你机器人靠近了，举着矛来来回回地向前冲，向那个老人的颈后步步逼近。我们看见前排有人用手帕堵住了嘴，有些女人闭上了眼睛，有些则紧张不安地抱成一团。

乔纳森坐在我们旁边，往他的座位前挪了挪，微微一笑，然后向前靠过去，用他的食指突然捅了一下前排那个男人的颈脖。

男人发出了一声尖叫，紧接着是一连串的尖叫声，其他的观众也跟着尖叫了起来，大家都惊慌失措，银幕上最精彩的部分被一片抽泣声取而代之。

现在，四周一片混乱，夹杂着一连串愤怒的叫嚷声。大家都扭转头，伸长脖子在看是谁挑起的事端？哪个胆小鬼是肇事者？

要找出这人太简单了，因为坐在前排的那个男人，他还在歇斯底里般地大喊大叫。显然，他已经失去了控制，处在惊慌失措之中，但这并没有阻止大家对他谩骂。

乔纳森做了个手势，示意我们应该离开了，这无疑是明智的选择。

我们走出影院时,看见两个男人紧紧抓住那个一路尖叫的男人,另外两个男人在捆他耳光,看得出他们显然是带有个人的私心在里面。

而这只是他反击报复的一个例子而已……

还有一件事说明乔纳森不是一个可以随意被玩弄的人。那是他在街头赌博的日子,他时常在"海狗"赌博,为他微薄的零用钱赚点外快。

一次,乔纳森在一家新开的"海狗"彩票点下赌注,三个数字一组,他下的赌注是三个"5"。他的推测是因为那天早上一个素不相识的陌生人送了他一支555香烟。事情发生在公共汽车站,他向那个男人借火,他笑着回答说:"没问题,我送你一个打火机,壮小伙儿!干吗不拿根烟呢?这样,拿两根吧!三根吧!干脆都拿去吧!实际上我正在试着戒烟,这样你就可以帮我戒了!"

乔纳森猜那人是个同性恋,他对乔纳森微笑着,眼睛盯着他看的时间比其他人都长。后来,乔纳森感觉脑子里有个声音在说,555是个好兆头,他应该去赌一把!

所以他在"邦买集市"下了赌注,"邦买"是"海狗"在此地经营的彩票点的名字。到下午3点,他们会在赌场的外面竖一块黑板宣布结果。

乔纳森在要求的时间来到售票点，他心里紧张得怦怦直跳。就在那儿——他投注的那组数字——用粉笔歪歪扭扭地写在黑板上。

他迫不及待地用手伸进口袋，颤抖地拿出他的彩票。

毫无疑问他中奖了！区区一个卢比的投资赢了六千卢比！

他用手擦了擦前额，舔了舔嘴来湿润双唇，然后向一张桌子走去；有个男人坐在桌旁，就是那个售票员，会给中奖者发奖。外面，没有中奖的人神情沮丧地围在黑板旁，看着自己的彩票，不敢相信自己的眼睛。这些都是手头拮据的人，他们的运气决定是否能有吃的、有喝的，工作和机遇总是供不应求。

乔纳森神情得意地拿出彩票，递给那个售票员。他戴着眼镜，凝视了一阵后，站起身来，对乔纳森说稍等片刻，然后就消失在门帘后面了，乔纳森感觉他似乎要永远地消失了！

终于他回来了，一个肤色黝黑的年轻人跟他一起走出来。年轻人长着肉乎乎的宽下巴，胡子修剪得整整齐齐，小伙子看上去干净整洁（穿着米色衬衣，灰色裤子），乔纳森注意到了衣衫下面他那强壮、成熟的身躯，肯定是一个南印度黑手党，他心里在想。

"'尊敬的兄弟，您搞错了！'那人平静地对我说，"乔纳森后来跟我们说，"'您肯定是指另一个数字，或许您已经忘了。您看，仔细看看！最后那个5根本就不是5，是一个3。如果您看清楚点,您就会认同我说的话。看,看看上面的那一笔,显然就是一个3。'"

那个男人对他咧嘴一笑,好像就是乔纳森他自己写错了;而那个男人,他对此非常理解。

乔纳森怒火中烧,但是他设法控制了自己。他再看了看彩票,只是想确定一下他说的话。他感觉一阵恶心,是的,最后一个5有可能被看作是3,上方草率的斜杠使它看起来像个3。

但他对那个职员说得很清楚是三个5,"三个老虎的爪子",这是他之前说的原话。如果那个职员的字写得潦草,那是他乔纳森的错吗?或者说是他乔纳森粗心大意?这些职员办事总是匆匆忙忙。5看上去像3,3看上去像5。4可能看上去像9,反过来9又可能像4。他指出这点给站在他前面的那个男人看。为了证实他所说的话,他甚至跟他们说了那个陌生人送他香烟的故事,还有那个早上他的预感。

"先生,您说的所有一切都不假!但在我们看来,那个5显然就是个3,我们认为您不应该与我们争执这点。"年轻人神情严肃地说。那个职员在旁点头称是。"肯定是!肯定是!"他说,"肯定是个3!我很确定就是个3!"他对乔纳森厚颜无耻地露齿一笑。

年轻人靠近乔纳森,近到可以看到他咄咄逼人的眼神,然后说:"我们不会再给你任何解释了,现在给你一个机会就此作罢，拿上彩票快走！"

"我别无选择，只好离开，"乔纳森说，"但我下定决心，我一定要跟他们算这笔账，我要让这个混蛋为愚弄我而付出代价！"

接下来乔纳森对我们讲述了他报复他们的经过。他给孟买本地黑帮的一个办事点打电话，电话上他把自己的表演技巧发挥得淋漓尽致。他用一口流利的马拉地语说，有一个自称为"邦买集市"的南印度帮派在这里进行欺诈活动，他感到非常伤心。他们怎么可以这样做？人人都在用"孟买"这个名字，他们怎么还在用"邦买"这样的旧名呢？一点也不尊重本地人的感受！他们以为自己是南印度帮就可以逃脱惩罚吗？乔纳森说他向"海狗"赌场的那些老板指明了这点，但他们嘲笑他并声称，在这个城市没有人斗胆敢碰他们。现在您告诉我，先生，乔纳森对电话那端的人说，我们怎能忍受这种侮辱？怎么可以忍受？您看，我只是向您汇报此事，希望能得到您的关注！"

"我听到了一阵怒气冲冲的咒骂声，之后听见帮派头目在喊他的手下：'凯，雷，波特卡，曼诺哈，乌特卡，欣德！你们听听，你们听听！他妈的一个南印度帮的人跑到我们的地盘跟我们挑战？！让我们给他点颜色看看，好好地教训他一顿！'然后他跟我说：'没事，兄弟！不用担心，这事就留给我们来处理！'"

那是我最后一次听到"邦买集市"这个名字,那个彩票点后来被夷为平地。门窗被打烂了扔在路边,上面堆上了被砸碎的家具和撕碎的彩票簿,最后变成了一堆熊熊大火。至于那个老板和他的喽啰——他们被剥得只剩短裤,脸上和身上被涂满了黑鞋油,在附近被游街示众。

"令人啼笑皆非的是,"乔纳森说,"那个彩票点老板对'邦买集市'的名字好像并没有什么发言权,那里只是一个营销点,实际是由帮派的其他人在操纵。但当我跟孟买本地帮派解释了整件事后,他们下决心一定要按自己的规矩办事。这样,整件事也就成了个人之间的恩怨了,所有以'邦买'命名的东西都不行,它们都必须消失!所以'邦买集市'取这个名字是自取灭亡,他们被吓坏了,从此以后再也不敢营业,直接就关店走人了!"

这一切肯定与他失去家庭的经历有关,年少时被抛弃的感觉总是让他快速反击,毫不迟疑地保护自己所拥有的一切。

还有一次,是他保护安瓦尔的妻子尼娜的例子。尼娜生性格外恬静从容,可以说是淡定自若。但是,有一天她走进屋,看上去心烦意乱,把买的东西放在桌上后就突然哭了起来。她一边抽泣着,一边哭诉着刚刚发生的事情。原来是她被几个不良少年取笑,他们羞辱她,说些不堪入耳的话,令她面红耳赤。

那天安瓦尔不在，但乔纳森刚好在那儿！尼娜哭了一阵后，就去了厨房。他进去后想方设法让她说出了事情的经过。过了一会儿，她听乔纳森说他要带洛奇出去散步。洛奇是一只3岁的杜宾犬，在李和哈布西两只狗之前他们就有了它。洛奇很怕奶牛和猫，此外，每次听到汽车引擎的逆火声，它都会吓得躲在沙发底下呜呜叫。因为洛奇喝水量大，所以一天要出去遛五次。乔纳森是它最好的伙伴，不论何时，洛奇见到他都欣喜若狂，如同赛马服用了类固醇一样，兴奋得满屋乱跑，简直要把屋里的家具都要撞翻了；跑完之后又跳上来在乔纳森的脸上狂舔，乔总是由它撒欢。

乔纳森带着洛奇走出门，很快把眼前的情况打量了一番。那帮人就站在尼娜说的那个地方——斜坡上。他们一共四人，站在一辆银灰色的"现代"车旁，穿着齐膝的短裤和T恤衫，每个人嘴里都叼着一根烟，其中的一个头上绑着印花手帕。

跟往常一样，洛奇在靠近它的树边抬起一条腿准备撒尿，但乔纳森用力扯了一下皮带说："不在这儿，洛奇，不在这儿撒尿。"洛奇顺从地跟着他走开了。

乔纳森走到这群男孩面前，把一只胳膊搭着其中的两个人身上；洛奇不想被冷落，所以也凑上前，把它那瘦长、热乎乎的身躯挤在了他们两人的腿之间。

"嘿！你干吗？"其中的一个男孩转头说。

乔纳森看他们跟自己一般年纪，可能也就二十出头。

"哥儿们，不介意我们在这儿吧！"乔纳森笑着说，"但这是洛奇的地盘，而且它不喜欢像你们这样的动物擅自侵入它的领域。"接着，他拍了拍洛奇的臀部，催促他跳到驾驶位上。"去吧，洛奇，"他说，"嘘嘘的时间了！"洛奇和往常一样，顺从地跳进了车，在豪华皮座套上排空了它体内被压制了良久的那份灼热。这帮人看着突然冒出的那堆水坑，简直不敢相信自己的眼睛！

其中的一个男孩一把揪住乔纳森的衣领。"你为什么要这样？你这个疯子王八蛋——"他气势汹汹地说，但洛奇发出的低吼声让他随即住了嘴。

这人立刻放开了乔纳森，愤怒也变成了沮丧。"搞他妈的什么鬼，哥儿们！你觉得这样好玩吗？"他问。

但他们不知道的是洛奇还没有尿完，它总是要分两次撒尿。乔纳森打了个响指，示意它过来。然后，手指朝下指着那个男孩的鞋，洛奇抬起了一条腿，第二次开始撒尿。

"别动，不然他就生气了！"乔纳森对那个男孩说，"你那光着的小腿就跟他爱啃的骨头一般大小。"

洛奇身子朝前倾，那男孩无奈地举起双手。乔纳森问道："啊，被撒尿的感觉如何，哥儿们？还敢对它的主人再做什么粗俗下流的举动吗？就是刚刚被你们羞辱过的那个女人！"

"嘿，大家并没什么大仇，哥儿们，没什么大仇！"其中的一个男孩解围说。

"说的没错！冷静一下，哥儿们，冷静一下！叫这只猎犬走开，好吗？我们并没有恶意，只是寻开心而已！早知如此，我们就不会这样对你朋友了。对不起，哥儿们，真的对不起！"

一个男孩向乔纳森伸出他带有文身的胳膊以示友好，但乔纳森没有理会，接着说："别让我在这儿再看到你们这帮人，不然我就报警，那时你们可没什么好受的，哼！"

这帮人立刻窜入了车内，开车走了。幸好走了，因为几分钟后一辆摩托车呼啸着冲下坡来，洛奇吓得躲在了一棵树后面，用责备的眼光瞪着乔纳森，发出阵阵的呜呜声。

我又想起了三年前的另一件事，上次乔纳森待在孟买城里的时候。那时我以广告工作为生：做广告印刷、海报、广告插曲和广告词来养家糊口，同时埋头做小说创作。出书之事是漫漫长路且前途未卜，因此广告这份活是不可缺的。它可以帮我支付账单，可以帮我置衣，可以帮我糊口，而且可以弥补我事业尚未成功的遗憾，给予些许安慰。可是，我不能放弃写作，因为事情好像刚开始有了进展。拒稿的评语没有以前那么简短生硬，有的故事被选中，被批准在期刊上出版并获得好评，迟早会被有眼光的出版商留意到这部作品，做我的出版代言人，这只是时间问题而已！

当我挣扎在生计和写作的困境中时,遇见了高蒂·舒克拉。高蒂,瘦小个儿,谈吐温文尔雅,穿着考究,保养得体,言谈中都是他的旅行见闻。他八面玲珑,讨人喜欢,训练有素,是一个十足的营销者;举止从容,说话慢条斯理,擅长讲述引人入胜的趣闻轶事。我和高蒂达成了这样的协议:他来与客户打交道,去跟他们喝酒聊天,款待他们,了解他们的需求;我来出谋划策,我(在幕后)制定好方案交给高蒂,他来卖给客户。听起来这是个完美的协议,因为这样我就可以避开那些无聊乏味、没完没了的会议,也无需去容忍那些举棋不定的客户,对这类事情,我没有耐心。和以往一样,乔纳森一语说中要害。"古希,你注定要面临一场冲突,"他说,"因为广告都是创造幻想,而写作却是毁灭幻想。"

与高蒂合作,我发现他不擅长理财。我们的开支总是超出预算,但因为有大量的工作要做,所以我想这也没关系。这些工作也不难,结果我就靠写广告中的短歌和励志短篇电影来赚钱。

与此同时,高蒂在欧洲、电视频道上寻找潜在的客户,他说他们也许对介绍印度文化的短片感兴趣。我真是喜出望外,因为我写的小说大多就是有关孟买街头小贩的,于是就出去拍了一组十分钟的系列电视节目,把它们交给高蒂,他也同样兴奋不已,带着节目就匆匆赶去欧洲了。

这时，有一个客户违约欠款，高蒂要我耐心等待。他在欧洲写信给我，说："十分抱歉！我现在暂不能付钱给你，但如果你稍等一段时间，我一定会给你补偿的，我保证！"听完这话后，我突然产生了一种莫名的冲动，迫不及待地要表现自己的高风亮节和宽宏大度，马上回答说："嘿，高蒂，不用担心什么赔偿，一笔勾销了！记住我们是同舟共济，患难与共！"

他从欧洲回来说影片的反应很好，但销售还需要一段时间，我们得找个经纪人，没有经纪人，是不可能进入欧洲市场的。我怎么可能不相信他呢？高蒂不但充满活力，有创业精神，敢于认错，虚心谦卑，而且他还让我远离了生意场上的繁忙，为我支付账单，让我有时间投入写作，用想象力去创造情节和人物，为此，我真是感激不尽！

所以我还是继续与他合作，接下来我发现又有两个客户违约了，于是高蒂又飞去欧洲了——第一次是一人独行，第二次是与他的女友同行，然后他带回了昂贵的古龙香水、时髦的名牌运动衣和普拉达手袋给他女友，这一切不禁令我心生疑团，这些钱都是从哪儿来的呢？

起初，我只是想想而已，这念头也是一闪而过：也许事情并不是它们表面上看到的那么简单。但在这之后，这念头就萦绕在我心中，开始困扰着我，渐渐地我意识到我被高蒂拖欠的款是越来越多了。

所以趁高蒂不在时我去了他的办公室,和他的会计交谈了一番。他的会计是一个皮肤黝黑的壮小伙子,名叫阿加沃。阿加沃很健谈很乐观。"高蒂先生是一个很能干的老板!"他说,"看看他推销影片的技巧,一次性的整笔交易加起来不下五百万卢比。"他对我咧嘴一笑,但我只能对他勉强笑了笑。

我简直是惊呆了,但表面上保持不动声色。我向他探听到了其他客户的情况,发现其实所有的客户都付了款,虽然有些比我们商定的数额要少一些,但还是付了钱。我强压心中的怒火,走出这座位于谢利拉詹路上的漂亮小木屋——高蒂公司的所在地。此时,推土机正在拆除那些老式的洋房,周围是一片机器的轰鸣声,但我感觉我脑子里的声音比那条路上发出的噪音还要大。

当我看见高蒂回来时,我怒不可遏,当面质问他。"你这个骗子!"我说,"你欺骗了我,如果你不付清所有欠款,我会让你见鬼去,你这混蛋!"

他听我把话说完后,很平静坦然地回答说:"钱就在这儿,可以付给你,但首先你必须为你的粗鲁行为道歉!我不能接受任何无礼的行为和粗暴的态度,你的话伤害了我!"

我差点气晕了,道歉是绝不可能的!我不明白这是他拒绝付钱的方式,还是刻意羞辱我,让我来央求他给我钱。

总之,我怒气冲冲地离开了那儿,走到了卡特路,到了滨海区,在那儿匆匆地走了一个小时,第一次我没有留意到那个与我擦肩而过在跑步的漂亮女子,还有日落时那熠熠生辉的夕阳。我停下脚步,最后站在了那个我们以前常去的俱乐部门前,想着高蒂·舒克拉会不会就是几年前我们对船运大亨拉吉·科蒂亚尔所作所为的某种因果报应?宇宙万物的出现都有先后顺序,也许这就是遭报应的时间到了,也许在我身上也有债要还。

不管是什么,高蒂把我彻头彻尾地骗了。我没有任何那些已做项目的证据,没有留下任何记录,上法庭也毫无意义。像这种案例是成千上万,没人去管也没人在乎,高蒂和我一样都知道这点。

我复仇心切,感觉仇恨如同毒瘾般发作,一阵阵地席卷而来。好几天我都沉迷在想杀人的念头中。"我怎样才能报复高蒂·舒克拉?""我怎样才能让这个王八蛋见鬼去?"

那时乔纳森正好在孟买。在一间酒吧里,我跟他讲了自己的情况。他对我说:"你想要什么?要钱还是要报复?"

"我想看到这个混蛋受尽折磨,"我说,"我想看到他被羞辱,被干掉!"我对自己的这份怨恨感到惊讶,但被欺骗的感觉绝不会像吞一粒药丸那样轻易就下肚了。

"你能把这家伙指给我看看吗?"乔纳森说,"把他指给我看一次就行了!"

"没问题!"我说,"但你要干吗?别干什么傻事,他不是个容易对付的家伙,他知道如何保护自己!"

"这儿——"乔纳森说着,拍拍自己胳膊上的三头肌,"从来都不能忍受这种事情!"他又指着自己的头说:"让我们好好教训一下舒克拉先生,告诉他不要愚弄我的兄弟!"

我想他只是在开玩笑,男人在酒吧里随口说的大话。第二天早上他打来电话,刚好是十点钟,我挣扎着爬起来去接电话,感觉晕乎乎的,前一天晚上我们喝得太多了。安瓦尔此时在果阿度假,普拉肖特在浦那市看他妹妹,德鲁夫也不在,在山区拍片,所以只有我和乔纳森。我们在巴利纳卡路上的一个小酒吧安顿坐下,点了朗姆酒和可乐,还点了炸鱼条和帕哈迪式炒鸡块。钱快花光时,我们就点了油炸玉米粒。我们在酒吧待了很长时间,离开的时候已经是凌晨三点了,所以早上来的电话让我觉得很意外!

"我今天一整天都有空,"乔纳森在电话上说,"你说什么时候我们可以去认一下舒克拉先生,我还要订回喀拉拉的机票,但我可以晚点订票。"

这时我才想起,乔纳森要走了。他最喜爱的一个项目——让电影明星参与教育——并没有吸引什么人。他感到很沮丧,我们也是,但那时我一门心思想着我和高蒂之间的问题。我告诉乔纳森我一定会带他去认高蒂,但只能从远处看。我居然如此渴望见到我憎恨的那个家伙，内心如此疯狂地诅咒他，连我自己都感到惊讶！仇恨真是一件奇怪的事，我在想，它对你的影响远比别人大多了！

那天晚上（等我醉酒后的症状消失后肯定是晚上了！），我带乔纳森来到谢利拉詹村，我们找了一个地方待着，跟那座小屋保持着合适的距离。

我知道高蒂的日常活动安排。下午六点他会在班德拉体育馆打羽毛球，要打一小时，然后去卡特路慢跑。

果然，他没让我失望。这时他出现了，身穿短裤和T恤衫，一双全新的运动鞋在脚下格外耀眼。他的女朋友走在他身边，一个又高又瘦的女孩，身穿运动式胸衣和运动裤，长着一张漂亮的小脸蛋，瘦骨嶙峋的肩膀和扁塌的胸部，在我看来，她是与高蒂最般配的同谋。

"他就在那儿！"我低声说，声音因愤怒而变得沙哑。乔纳森对着他说："就是他吗？就是那个胆小鬼吗？哼，我一只手也能打趴他！"

高蒂和他女友上了车——一辆全新的大众斯柯达，然后就开车离开了。

之后的那个星期我没有再见到乔纳森，我知道他很忙，在把孟买的东西打包。那时他住在卡琳娜，一个小小的在露台上搭建的单人房。那个露台对他很重要，他说，他可以看到树的顶端，这让他想起喀拉拉，而且他可以吞云吐雾地抽大麻，不用担心被人看见。

现在他是用完了钱也用完了耐心，这就是他为什么要回去的原因。他要先去看他外婆，然后去科钦①，在那儿找份工作。安瓦尔主动提出为他支付机票，乔纳森已欠了安瓦尔一堆的债务，这又添上了新的一笔。在过去的几年里，我们都借过一些小钱给他，他从来都没还过。但这很重要吗？我们都明白那些钱对他意味着什么——意味着他可以留在孟买，意味着他的希望可以继续。

但是现在他要回喀拉拉了，去他外婆住的那个村庄，他的老家卡拉达。"你们都应该去那儿看看，哥儿们！"他说，"美得令人惊叹！那里有伫立在荒野之中的一百多年的大庄园，那里有层层叠叠的树丛，阳光均匀地洒落在树丛中；远处有稻田和小径，银镜般的湖面波光粼粼。在那里大地是一片葱郁，它是一种不同寻常的绿，是一种生机勃勃的绿，是上帝创造的，喀拉拉独有的绿！"

我们看得出他很兴奋。过量的酒精和大麻使他的眼睛周围已有了黑眼圈，脸色也显得很苍白。"你们都应该来喀拉拉，"他说，"我带你们去从未见过的美景，不是那些常规的旅游景

---

① 位于印度南端的西南岸，面临阿拉伯海，是喀拉拉邦的重要工商业城市。

点,而是像瓦亚纳德县那样的地方。在那儿你可以闻到咖啡、胡椒的香味;还有库鲁瓦尔岛,岛上你能看到最稀有最珍贵的鸟、树、兰花和香草;还有虎谷地和普科特湖,它们的自然风光和景色令人如醉如痴!如果我们对这些地方感到厌烦了,大家可以去杳无人迹的地方,过土著人的生活。我们可以钓鱼、做饭、抽大麻,可以靠山吃山靠水吃水。你们肯定也会喜欢本地食物,特别是卡帕米粥,一盘配上木薯、山药、醋栗泡菜和带糠的米饭,如同人们坚信自家后院里种的菜是最好的一样,虽然简单却很美味!"

安瓦尔谈到果阿邦,正处在变化发展中,他说,变化太快了,他几乎认不出他曾经熟悉的那个地方——那个他年轻时嬉皮士的快乐聚集地。因为海啸的影响,一些海滩在逐渐消失,一些海滩开始变得如同肖帕蒂海滩和珠瑚海滩一样人山人海,此外,凡是有后院的人家也都开起了餐厅和酒吧了。

普拉肖特,从浦那[①]回来,他说因为这个城市经历了一种极端的发展变化,已经失去了英国统治时期的殖民特征了。但不像孟买,它发展的是城郊,所以还没有威胁到现有的住宅区而变得拥挤不堪。然后大家的话题又突然转到了班德拉,还有那些历史文化街区正在经历的变化,例如:谢利拉詹村,奇

---

① 印度西部城市,距孟买东南约140公里,马哈拉施特拉邦的文化首府和第二大城市。

姆拜村和教堂路，就在这时，乔纳森跟我们讲了他收拾高蒂的经过。

"我跟着他，"他看着我说，"跟着他走进了巴利市场，然后悄悄地躲在他身后，一把抓住他的衣领，给他的后脑勺一拳猛击，他猝不及防倒在地上，我就开始用脚踹他，踹他的肋骨、他的胸部，不给他丝毫喘息的机会。众人自然走上来问我为什么要揍他？他干了什么事要受到这样的惩罚？我说他在职业介绍所工作，骗人钱，他答应可以帮他们在中东找工作，收了钱后就消失得无影无踪了。被他骗的人多数都很穷。他们都是司机、打石匠、电工和卖苦力的，都是向高利贷借来的钱。

"这番话就足以挑起民愤了。他们走上来也对他进行报复，对他拳打脚踢，根本不理睬他的大声抗议。对后加入的参与者，我对他们说了同样的理由，说我在班得拉警署和班得拉法院都见过他的照片。然后，在他在遭受命运的鞭挞时，我顺势溜之大吉，但在走之前，我没忘在他耳边传递了你对他的'美好祝福'，我告诉他是谁要找他算账的。"

"你真的这样做了，乔纳森？"我问，为自己心中那份难以压抑的喜悦感到羞愧。

"真的！"他咧嘴一笑说，"凡是愚弄我兄弟的人都得付出代价！"

七

我们就这样守在巴利山104号的客厅,等待着乔纳森坐在应该属于他的位置。再过一天他就到了,记忆如潮水般涌入我们的脑海。毫无疑问,我们都喝醉了,但却很开心。回首往事总是给人以启迪,我突然想到为什么年轻人对我们如此重要?为什么我们愿意在自己的青春时光去探索?只不过是因为我们人生后期的大多时间都在忙于生计,需要年轻人的那份快乐和激情来鼓舞人生。而乔纳森是我们随叫随到的年轻人,我们对他非常感激。他给了我们所有的灵感,还有那些乐趣和疯狂。我们四人之中,数普拉肖特最爱津津乐道地讲述乔纳森的英勇行为。说起乔纳森,他的眼里闪着光芒,充满了感激之情。

"记得那时我的电脑出了问题,"普拉肖特说,"启动不了,或者就算启动了,也会突然死机。我给一家叫莫拉尼的服务供应商打电话,那个电话我是好不容易从黄页电话簿上找到的。莫拉尼的办公室在维克罗里,他答应会派一个电脑维修师过来。'先生,我的手下会帮你解决问题,'他说,'不用担心!我们当场就能解决,这类问题我们每天都在处理。'

"派来的人像个高中生,18岁左右的一个男孩,看上去有点紧张。他把电脑摆弄了一个多小时,但还是不能启动。然后他给莫拉尼打电话,莫拉尼让他把电话递给我。

"莫尼拉告诉我问题比看上去要复杂,要搞清楚问题所在,他需要把电脑带到他的店里。那时我正在为一部有关孟买拾荒者的纪录片撰稿,稿子是由萨达克公司委托——一个非营利的机构组织,那年他们正准备要举行十周年志庆。这个项目要在截止日期前交稿,我需要电脑来完成。看样子我别无选择,就只好同意了莫拉尼的提议。我问他修电脑要花多长时间,他说没有看到电脑他不能做任何承诺。然后我问他要收取多少费用,他说他首先要诊断出什么问题再说。第二天他会让我知道机器出了什么问题,哪些地方有损害。

"第二天他没有回话,所以我打电话给他,他说他在测试机器,还是有问题,他还需要一到两天时间查出问题。我强调了我急需电脑,他说他明白,但没有必要仓促行事。他说他希望把修理工作做妥当,还说'很大、很大的公司'都给他业务,因为他们都知道他有多专业。我必须耐心等待,必须相信他。我问他如果'很大、很大的公司'都是他的客户,他可以优先照顾我吗?还是我的机子会被搁置在他那长串的修理名单上等候呢?听到这儿,他笑了,说:"哎呀,先生!或许有一天您也会开大公司的,所以我必须让您百分之百的满意。别担心,先生!对我来说,所有的客户都一样,都是VIP贵宾,大家都同等重要!'

"总之,又是三天过去了,莫拉尼那边还是没有消息,所以我又打电话给他。他说:'先生,我正准备打电话给您。我出城了,去朝圣了。你要知道,我投标了一个很大的政府订单,所以必须去对上帝表达我的敬意!'

"看到我对他友善的表白并无反应,他急忙补充说:'您的电脑主板有问题,如果我们把它换了,机子就好了。'

"'那就换了它,莫拉尼先生,'我说,'还拖什么呢?赶快换就是了!'

"'啊,并不是那么简单,先生!'他说,'您知道,您的机子很老了,不是那么容易找到那种主板。我的手下必须先到市场,找到谁还在做这种型号的主板。但是现在我的人手不够,手上订单又多,而且每个人都希望早点收到货,您再给我几天时间,先生,最少要四到五天。'

"四到五天会严重延迟我的计划安排,我想,但我还有别的选择吗?况且,莫拉尼看上去是个很能干的小伙子,手上有那么多订单。所以我对他说:'如果你能尽早把电脑修好,我会不胜感激!我一个人单干,是自由撰稿人,丢了工作我就撑不下去了。'他接下来说:'我明白,先生。我会尽力而为,相信我!'

"我再次问他整件事做下来会要多少费用?他说他还没有算出来,但大概是七千卢比左右。他说问题解决后,他还要足足两天时间测试机器,还要检修机器,所以我应该准备好钱,不超过八千卢比。当然,我知道他在敲诈我。

"五天后,他打来电话,兴高采烈地告诉我:'先生,您真好运!我的手下找到您要的主板了,只有在拉明顿路上的一家店里有,所以我让他立刻买下来。这是昨天的事了,而且我们当天就修好了,从昨天起电脑就一直运作良好。明天我就可以把机子送过来,有人会在家收货吗?'

"我无法形容自己如释重负的感觉,那一刻我原谅了莫拉尼的高价收费。记得我当时在想,贪婪不是什么罪行,只不过是人性的弱点,一种愚蠢之举。但是,我在内心告诫自己,我先要扣着付给莫拉尼的费用,直到电脑确实修好为止。

"电脑是第一次来我这儿的那个小伙子送来的,这回电脑启动很顺利。当他要我付钱时,我告诉他我的支票簿用完了,一两天后我会把支票准备好,或者我可以用快递送到他的办公室。说这番话时,我极尽温柔之语调来表达,因为我不想显得太滑头，目的仅仅是为了赢得时间。

"小伙子看起来犯愁了，说莫拉尼先生肯定不会喜欢这种事。他得跟他打电话，看他是否同意延期付款。我说我可以亲自跟莫拉尼先生解释，他看上去是那种善解人意的人，是那种做长久生意的人。他打电话时，我顺便查看了账单，发现又多加了两项额外的收费：八百卢比的送货费和一千卢比的备份数据费用，加上服务费，总额达到一万八百卢比。

"听完我的要求，莫拉尼生气了。冷冷地说：'先生，我公司的制度是不给赊账的。实际上，我往往是要先收定金的，但是因为您听上去像个正人君子，所以我也就不坚持这点了。再说，对我来说这只是一笔小钱，我主要跟很大、很大的公司做生意。'

"我很想提醒莫拉尼'很大、很大的公司'是不会先付预定金的，他们只接受赊账。当然，我并没有这样说。相反，我跟他道歉了，然后说两天后我会把支票准备好，莫拉尼勉强答应了。

"第二天，电脑又不能启动了，所以我再次打电话给莫拉尼。他说，不用担心，他会派他的维修师过来，主要的问题是主板，但已经解决了，十有八九只是要取出来再重装一次，这样机器应该就可以重新启动了。他小心翼翼地地问我是否可以把支票给他的维修师，我的脑子里再一次敲响了警钟，我礼貌地告诉他我还需要多一天时间来准备支票。

"第二天我一直等着维修师,但他却没有出现。现在我真是火冒三丈,我丢了十天的时间,八个工作日。我不得不打电话给萨达克公司,告诉他们稿子要迟交了。他们很失望但并没有指责我。实际上,这样让我觉得更难受,因为他们全指望这部影片来筹集资金。

"我打电话给莫拉尼,把他狠狠地批了一顿。这回我对他直言不讳,他表示很惊讶,甚至跟我道歉,说他会打电话给那个维修师,并很快答复我。他说到做到,很快就回话说他的维修师正在一个客户的办公室里,这是一个很重要的顾客,一个'很大'的公司遇上了'非同小可'的紧要问题:他们丢了一些非常重要的数据,维修师正忙着解决问题。我忍不住想这傻子连简单的主板问题都应付不了,怎么可能修复像丢失数据这样重要的事情?'你让我太失望了,莫拉尼先生!'我冷冷地对他说。他回答说:'非常抱歉,先生!我的人明天就会来解决您的问题,就等多一天,先生!拜托了……麻烦您耐心等待!'

"第二天那个维修师来了,他又尝试了一次,但是无法启动机器。我怒不可遏,打电话给莫拉尼。他说要我让他的人把机器带回去,他会自己亲自看看,看看是否还有其他问题。他听上去不像以前那样自信了,开始为自己辩解,近乎是在指责。他说那就是我这样的老电脑的问题，什么事都可能发生，随时都可能发生。可能是硬盘快不行了，甚至可能是硬盘崩溃了。他建议我最好买部新电脑，他很乐意卖给我并给我折扣。

"'我的电脑修了十一天之后，你跟我说这些，莫拉尼先生，'我对他说，'我相信你的判断，给你时间，现在你不能一个问题没解决又扯到另一个问题上。'

"总而言之，他坚持要我把电脑送回去，除此之外，没有其他的方法可以解决问题。我拒绝了，结果我们就引发了一场激烈的争吵。莫拉尼跟我说电脑是机器，比人更加难以预测，有时要花很长时间才能找到问题所在。我告诉他我不管这些，大白天的花了这么多时间听这番废话，我不会再把电脑送回去，如果他愿意，自己到我这儿来修。不然的话，就免谈这件该死的事！他说没问题，我要把支票给他的维修师才行。我说：'什么支票？如果你修不好电脑，就别想得到一个卢比，你这混蛋！'然后事态就变得白热化了，接下来他就威胁我小心这样做的后果！他说：'我真的不想这样做，先生。对我来说，一万一千卢比是笔小数目，我可以轻而易举就一笔勾销，但我要教训你一顿，让你终生难忘！说真的，我会出一笔钱把你好好教训一顿！'我回应说：'尽管去做，你这混蛋！有什么卑鄙手段都尽管使出来，你这无能的蠢货！但首先帮你自己个忙，你没本事干这一行就趁早滚蛋走人！'我转头看他的维修

师,只见他哆嗦得如同一只要被宰杀的小羊羔。'滚!'我对他说,'趁我还没有因你老板的罪过惩罚你之前,赶紧给我滚!'

"在那之后,我不知如何是好。坦白地说,我很担心,因为我所有的资料都在电脑里,还有纪录片稿的写作大纲,而且,我不想在萨达克公司面前丢面子。情急之下我给乔纳森打了个电话,我知道他对电脑很在行,也许他可以帮上忙。接到电话后他马上就赶过来了,很严肃地问我为什么不一开始就请教他。他问我要螺丝刀,我给了他,然后他跪在地上,打开了机器,把主板卸下来,对着光举起来查看,接着面带厌烦的表情说:'这个莫拉尼骗了你,哥儿们!这就是你原来的那块主板!'

"然后他又问我要毛刷子,我递给了他,他举着主板,把内存取出并做了清理。装好机器后,电脑还是不能启动。然后他开始检查CPU的连接线,拨弄了一会儿,再启动机器,电脑突然就亮起来了——情况就是这样。'只是接线松了而已,'他笑着说,'现在,你是愿意认认真真写一张一万八百卢比的支票给我,还是愿意请我喝一杯呢?'

"我简直不敢相信自己的好运,乔纳森帮我省了一大笔钱!你知道那家伙,他对电脑很在行。当然,我带他出去喝酒了,之后他对我解释说:'内存上有些碳粉,致使电脑开始宕机。我知道那是碳引起的问题,因为有一根毛掉落在内存上,又短又粗,看上去是有人最近刷过的痕迹。后来,连接口松了,那个维修师搞不明白,他以为是主板的问题。莫拉尼肯定担心了,因为他根本就没有更换主板;他想你发现了就不会付他钱了,所以他想把机器拿回去作防备。这是个充满骗子的世界,哥儿们!你要学会明察善断!'

"尽管如此,事情到这儿还没结束。第二天我正在写稿,突然接到一个男人的电话,自我介绍叫辛格。'哪个辛格?'我问,但他只是说'辛格',他说他代表莫拉尼打电话,他相信我欠莫拉尼钱,莫拉尼认为我不会付给他。所以辛格他打电话是想确定我其实没有这种意思。说到这儿,他停下来,故意让事情陷入了一种紧张状态。我听说过这些追债公司,而且我很清楚地知道他们说话是认真的。我也知道报警是没有用的,警察们不会去介入商业纠纷。我对辛格解释我完全愿意付钱给莫拉尼,但他没有做完他应做的事,所以我不得不请别人来做。辛格说他不知道这回事,他说他第二天会上门来拜访我,所以要我把钱准备好,不是支票,而是现钞,面值为五百或一千的钞票,说完他就挂了电话。

"我不知如何是好,于是又给乔纳森打电话。他说我要做的第一件事是把我妻子先送回娘家。'你不想她在的时候有什么不愉快的事情发生吧!'他说,'她不在场,我们可以用自己的方法平静地解决问题。'

"'你觉得会有什么不愉快的事情发生吗?'我问他。你们都知道乔纳森的生活阅历比我们丰富,他和什么三教九流都打过交道,依然安然无恙。

"他说:'我认为不会发展到那一步,但我们不清楚莫拉尼和辛格是什么关系。如果只是纯粹的商业关系,你付钱我收债的交易,我们也许可以解决。但如果是更深一层的关系,比如说牵扯到家庭的关系或者辛格欠了莫拉尼的人情什么的,这样的话我们就有点麻烦了。'

"不管怎么说,我打发走了我的妻子,她很不开心地离开了,然后乔纳森过来跟我待在一起。在他的坚持下,我备好了啤酒和伏特加酒,他还让我在靠近门口的过道上放了一个板球棒。'以防辛格先生想玩什么花招。'他说。

"午餐过后大概2点左右,门铃响了,乔纳森用胳膊肘碰一下我,示意我去开门。我看他显得格外地镇定自若,实际上还有点迫不及待。我打开门,门外站着一个个子矮小、脸色阴沉的男人。乍一看,他像一个投资顾问,但后来看他其实很吓人。眼睛小得就像一条缝,却闪闪发亮,长着一张狐狸般的嘴,鼻子还时不时地抽搐。胸部看上去非常结实厚重,布满了硬邦邦的肌肉。这时你明白了你面对的是一块坚不可摧的岩石。"

"为什么你不打电话通知我们呢?"安瓦尔问,"我们肯定会去的,你知道我们会去的。"

"我想过,但乔纳森不同意这样做,他说不需要。他说他单身一人,如果有什么意外发生,也不会有人惦记他。但我们都是有家有口的人,都有妻子和父母需要我们去照顾。他只是孤身一人,无足轻重。我反对他这么做,但他很坚决,他说在我们之中,他是最可有可无的人物。"

"总之,这个辛格是个怪异的家伙,寡言少语,目光咄咄逼人,他看着我说:'昨天我们谈过了,关于支票的事。'

"我正打算开口,这时乔纳森在我的身后说:'对,但干吗不进屋呢?辛格先生,天气这么热,我相信您一定是远道而来,一路辛苦了!'

"辛格一脸惊讶地看着乔纳森,这并不是以往人们对他表现出来的礼节。'没事!'他粗声粗气地说,'我就在这儿等着。'但乔纳森斩钉截铁地说:'这可能对您合适,辛格先生,但对我们就不合适了,因为我们相信到我们这儿来访的每一位客人都是上帝的化身。所以,请务必赏光。'

"辛格不知道说什么。他无言以对,小心谨慎地踏进门。乔纳森带他走进客厅,然后转头对我说:'能拿点冷饮给辛格先生吗?'好像我是他的仆人而他是我的主人一样。

"我的心咚咚直跳,走到厨房打开冰箱,我看见一排阿穆尔酸奶,但我记得自己并没有买这种饮品。酸奶下面压着一张字条，上面写着'用于招待辛格。'我猜乔纳森是不是在酸奶里偷放了安眠药或泻药什么的，但肯定没有，因为包装还是密封的，完好无损。

"我把又冰又浓的酸奶倒进玻璃杯，走到厅里，只见乔纳森正在与辛格交谈，他正在盘问着追债人这样那样的问题。辛格，他是全职为莫拉尼工作，还是自由打工呢？每天工作的时间很长吗？需要每天搭车吗？是拿月薪还是佣金？接着又问：想自己的老家北方邦①吗？有去过勒克瑙②和戈勒克布尔吗③？乔纳森去过这两个地方，都给他留下了美好的记忆。他又突然压低了嗓音，问辛格是喜欢孟买还是德里？辛格的行业在哪里有更多的工作机会？哪些行业的人违约欠款更多？辛格回答说，他有两三个像莫拉尼这样的客户，替他们收债。通常，他们先付定金给他干活，他的活有淡季和旺季。淡季是大家出门旅游或节日期间，那时他的雇主不想有什么暴力事件发生。乔纳森找到了开口的良机。'哎呀！'他接嘴说，'看看你的那些老板！他们希望自己的双手保持干净，却让你去做他们那些不齿的事。他们收回了钱，但罪孽却在你身上，不能这样吧！'

"乔纳森用手指着我，接着对辛格说：'你的生活让我想到了普拉肖特在这里的很多方面，生活对他也是很不公平。可

---
① 处于印度的北部，与尼泊尔接壤。
② 北方邦的首府。
③ 印度北部城市，毗邻与尼泊尔接壤的边境。

怜的人，你知道他是干吗的吗？他为平民百姓写剧本，但他不同于其他的剧作家，他写的是真实的人、真实的问题。现在他正在写一个关于拾荒者的故事，他报道有关他们的生活、他们的问题。你说，他有为商业片写剧本赚大钱的机会却放弃了，哪个作家会这样做？你知道那些作家的报酬吗？是几十万卢比啊！但普拉肖特却拒绝了这一切，这样做仅仅是因为他想为穷人写作，他想这样可以表达他们的心声。他是真正在用心在写作！看看你的雇主，他干的是什么事？他派你来做他不愿干的活，而自己却闲坐着，平安无事地享受着舒适的空调。我跟你说一件事，辛格，看你是个好人，我想你会明白的。当普拉肖特告诉我们他跟莫拉尼的矛盾时，我们的朋友都建议他去报警，实际上，有一个朋友甚至提出他愿意利用跟警察的关系来对你设圈套。他说警方可以给普拉肖特提供录音机，他可以用它录下你们的对话，然后警察就可以借机逮捕你，把你送进监狱。但你知道普拉肖特说什么了吗？他拒绝了，他说辛格在这件事中有什么错呢？他只是为莫拉尼干活，听他发号施令。为什么他要因此入狱呢？这是他说的，他之所以可以这样做，是因为他站在你的立场说话，是因为他所从事的那份工作，是一份诚实正直的工作。'

"乔纳森突然站起来。'辛格，请过来，我给你看样东西。'他说，然后向电脑走去，之前他就把电脑开好了，主板

也已经卸下来了,放在一边。乔纳森拿过来,放在辛格的手上,然后说:'辛格,你说说看,你觉得这主板看上去像新的吗?'

"辛格,可怜的人!他对主板是一窍不通,但不希望显得一无所知,只好摇摇头。

"'这就是莫拉尼的欺骗行为!'乔纳森说,因为愤怒他嗓音也提高了。'这就是他要一万一千卢比的东西。你认为这公平吗,辛格?像普拉肖特这样的人,必须努力去想象他人的生活,所以他才可能理解你啊!'

"辛格不知道说什么,我还没反应过来,他就突然跪倒在我脚边,嘴里嘀咕着发出沙哑的声音,双手合十,祈求我的原谅。

"但是乔纳森对他还没说完。'你想想,辛格,'他接着说,'莫拉尼每天派你出去做这种危险的工作,而他自己却闲坐着,策划着那些卑鄙、狡诈的伎俩。没错,他是给了你活干,但到头来谁受到谴责?谁又成为他的替罪羊?靠这种威逼恐吓来赚钱,你能干多久呢?'他又转头对我说:'为什么不为我们的朋友找份体面的工作呢?'

"之后,乔纳森给了辛格几个提议。你们都知道我们的朋友是个点子大师。他建议辛格去上夜校——他应该先去拿个中学毕业证。随后,辛格可以在学校做体育老师。他当然想这么做,辛格说,他乐意去做体育老师,他喜欢孩子。

"然后我又提了个建议:辛格可以做按摩师,但乔纳森说这主意不好,也许会令辛格又想起他从事过的就业,到头来让客人断筋断骨的。

"听到这儿,辛格笑了。他仰起头,放声大笑,带着粗声粗气的咯咯声。看见这个神情严肃的好斗者突然变成为一个兴高采烈的孩子,真是滑稽可笑的一幕!今天的工作成效不错,我心想,但这一切都要多谢乔纳森!

"当辛格要离开的时候,可以看出他都有点依依不舍了。当他沿着小巷走出去时,还在不停地回头挥手。我们答应他一定还会见面,我答应帮辛格写简历,乔纳森帮他练习面试技巧,他让辛格去查询一下,他是否可以去维克罗里的某家夜校学习。辛格说他不住在维克罗里,他只是在那儿工作;他住在默伦达,那里有许多即将竣工的新楼:都是高楼大厦,带有花园、泳池、俱乐部和高尔夫球场。辛格说他可以在某栋大楼里从事保安工作,他可以连上两个轮班,努力工作来保护住户的生命财产,洗清他曾犯下的罪过。乔纳森说那就再好不过了,辛格,你穿上制服一定很帅气,而且制服能助他早日成家立业。辛格'唰'一下脸红了,说在他老家的确有他喜欢的人,但她家的种姓[①]比他高,是个农场主的女儿。乔纳森说那没关

---

① 印度的种姓制度是以血统论为基础的社会体系,社会等级分为四大种姓。

系，辛格所要做的是改变他的职业，他的命运也会随之改善。'种瓜得瓜，种豆得豆'——这是自然法规，也是因果关系的法则。况且，女人喜欢穿制服的男人，所以辛格应该在他被任命做保安的那天，穿着制服去照相，然后把照片寄回老家，这样人人都知道他其实是一个帅哥，一个务实的小伙子！

"等辛格离开的时候，他似乎是换了一个人，似乎找到了他真正的使命，那就是他的自尊。"

"你后来有见过辛格吗？"我问普拉肖特，"有莫拉尼的消息吗？"

"既是又不是，"普拉肖特边说边站起来，"任何故事的精彩片段都需要些前奏做铺垫。"他走向吧台，给自己倒了一大杯伏特加酒。

他回到自己的座位，手里拿着酒杯，接着说："那天很晚了，估计是凌晨三点左右，门铃突然响了。因为太太不在家，我省下了一万一千卢比，突然感觉一下变得很富有，所以就和乔纳森坐下喝酒聊天，我俩都喝得醉醺醺的，过了好一阵才意识到是门铃响过了。我们慢吞吞地挪到门口，打开门，外面一片漆黑，一个人影都不见，然后发现在我们的脚边有一个巨大的硬纸箱，上面贴了张纸条。我俩把它拖进屋，感觉沉甸甸的。乔纳森撕下绑着纸箱的胶带，准备开箱，我顺便读那张纸条，上面用印地语写着：'尊敬的乔纳森先生，这是给普拉肖特先生的，我希望他会接受。我希望也祈祷他能写出很棒的剧本，帮助大家相互理解，就像您今天让我明白事理一样。如果莫拉尼先生打电话给普拉肖特先生或问他有关这件事的情况，请告诉他什么也别说。请为我祈祷，祈祷我成为一个好人，就像您和普拉肖特先生一样。千万别认为这是偷来的东西，我不会去要我的薪水和被拖的欠款，它们远远超过这台机器的费用。我希望您能相信我，先生。我知道您会的！您的仆人，苏拉吉·辛格。'

"我转头看乔纳森，他正弯下腰，从纸箱里慢慢地抽出了一个黑色平板显示器，他小心翼翼地把它打开，以免搞乱包装紧密的其他部件：里面有一个CPU，两个扩音器，还有一个光滑的哑光键盘。"

八

现在到安瓦尔开口了,他和颜悦色地说:"有时候乔纳森自信大胆到简直令人感到害怕。如果他的计划没有出错,他的花招没有被识破,那能行得通。可以肯定的是,它的确有一席用武之地,尤其在危急关头。"

我完全明白他的意思,脑海里立刻浮现了乔纳森和我参加狂欢派对的情景。那是在马德岛上,派对就设在森林里清出的一片空地上,乐队就在租来的一座旧平房里。

派对由一群自称为"城市吉普赛"的人组织,他们的派对鼎鼎有名,音响无与伦比,是来自阿姆斯特丹和比利时的最新音响组合。那是个圆月当空的夜晚,超过五百人聚集在那里,各种各样的毒品很快就蔓延开了,有可卡因、迷幻药、摇头丸和带有迷幻药的潘趣酒[①]——喝了之后令人感觉魂灵出窍,飘飘

[①] 用水、果汁、香料及葡萄酒或其他酒类勾兑成的冷或热的饮料。

欲仙。乔纳森很快就去跳舞了，不一会儿他就发现自己被一群姑娘团团围住，她们对他的舞技赞叹不已！

凌晨两点时，派对进入高潮。没有一个人说话，没有只言片语的交流。大家都极度亢奋，唯一能做的只是蹦跳，或者是性交。对，就发生在灌木丛里。很多年轻人完全失去了理智，乔纳森注意到这一切后说："这里给人的迷幻感太强了，不太对劲，不知为什么我感觉不好……"

一个女子跟她男朋友吵架后过来勾引我。她一边搂着我，一边开始扭动着臀部。我明白她只是想让她的男朋友吃醋。我看到了她的男朋友，一个大块头的家伙，满头大汗淋漓，瞪眼怒视着我们。我勉强挤出笑容告诉她，我是个同性恋，但她耸耸肩说："那就试试别的东西，宝贝！不一样的洞，但节奏韵律是一样的，你知道的。"

DJ像充足了电一般精神抖擞，趁着换歌的间隙不停地问大家："你们都准备好了吗？你们真的准备好冲破极限了吗？"众人的回答带着节奏，异口同声地说："是的，准备好了！准备好了！"

在晚会场地的后面，就在草坪的尽头靠近树丛的地方，几个姑娘正趴在毯子上，脱了上衣，让文身师在她们的肩膀和背部文身。月光照亮了她们的身躯，显出消瘦的骨骼和白皙的肌肤，几个男孩欣喜若狂地摊开四肢，与姑娘们躺在一起。

文身师看上去像丹麦人，脸色红润，长着白色的、毛茸茸的浓眉，蓝眼睛，长满粉刺的大鼻子，波浪般的金发披在肩头。他穿着一身光怪陆离的宽松长袍，上面印有粉色和紫色的图案，头戴一顶印有星星的高帽。他时不时抬起头来看看人群，然后手握着文身枪疯狂地旋转一番。

我正看着他时，门口突然一阵骚乱，只听见有人怒气冲冲地命令把音乐关了。

乔纳森是第一个做出反应的人，他抓住我的胳膊，急冲冲地说："跟我来！"然后拉着我走向门口，一队警察正站在那里，很引人注目。警察一边在人群中穿梭，一边用手捆着聚会者的后脑勺。

一个男人尖声叫道："别对我这样，伙计！别他妈的碰我！"我转头看到几个警察正在拖一个打扮成女子模样的男人。

音乐停了下来，我们这才猛然意识到户外是一片广袤的天地，高大漆黑的树木和无边无际的天空，第一次听到了轻柔的波浪声。这时，警察质问谁在这儿负责？谁是这次聚会的负责人？

一个姑娘开始尖叫起来，惊慌失措。听到她的尖叫声，一些其他的姑娘也跟着喊叫起来。"我们会怎么样？""我们会被拘留吗？""我们的父母会怎么想？"这时只听一个愤怒的男人要求大家起来反抗，维护他们被侵犯的权力。显然，说这话的人听起来像在太空神游,还没清醒过来。

警察踏步向前,加强了警戒,大声命令大家站成两排:男人一排,女人一排。参加聚会的人一个接一个地被带进了在外等候的面包车。

聚会组织者"城市吉普赛"的人试图把警察带到一旁解释以缓和局面,但警察听他们说完之后就命令他们上车去了。

这时乔纳森挤到队伍的最前面,我紧张不安地跟着他。他突然抽出一张证件,在负责行动的督察面前亮了一下,说:"我是科希,《孟买邮报》'特别报道'的专栏记者。你们来得很及时,督察先生。可以请问您的尊姓大名吗?还有您所挂靠的警署的名字?"他对督查介绍我是他的助理。

督察看了看证件,我也看了看证件,第一次看到他的证件,原来是坦布·科希的旧证件,用修图软件精心制作后,贴上了乔纳森的照片。

趁督察在检查证件时,乔纳森解释说我们是卧底记者,准备报导孟买的毒品贩卖的情况,但督察您究竟是怎么知道这次聚会的呢?有人给您通风报信了?如有可能的话,乔纳森很想听听您的高见。

督察顿时趾高气扬起来,宣称毒品危害社会。有钱的父母溺爱孩子,允许他们享有一切自由。况且,这是来自西方的文化,侵入这个国家,腐化青少年,所以要由警察来确保法律秩序和行为准则的执行。

当然,但您认为这真的可以被制止吗?乔纳森问。对此督察的回答斩钉截铁,说在他的管辖范围肯定可以,吸毒者很快就会明白他们在与谁对抗。乔纳森看看我,然后点点头,似乎对督察的回答很满意,我也默默地对他点回头。

之后督察让我们搭他的吉普车回去,在车里他悄悄地贴近乔纳森,问他第二天的报纸上他是否会见到自己的名字。乔纳森说,当然,肯定可以看到。

尾随在我们后面的是那些面包车,在崎岖不平的小路上颠簸着,我们时不时地听到关在铁丝网后面女人们的尖叫声。

抵达警署后,督察邀请我们进去喝茶,乔纳森说他得及时给报社发报道,还要睡一觉,这会是第二天的头版新闻了。督察说,是的,当然工作第一,他比任何人都更明白这点。

我们徒步而回,有说有笑。和煦的晨光照亮了我们的脸,乔纳森对我说:"你看,古希,打有准备的仗是值得的,因为你永远不知道什么时候情况会转变,什么时候快乐会变成痛苦。"

这时安瓦尔说话了,打断了我的思绪。我们的主人很少看上去这么庄严,我们很少听到他语调这么严肃,一定是很重要的是事。他在讲孟买的民众暴乱事件[①],那时居住区被烧毁,

---

① 孟买民众暴乱发生在 1992 年 12 月至 1993 年 1 月之间,因宗教冲突导致约 900 人死亡。

暴徒们横冲直撞，胡作非为，房屋被毁坏，商店被夷为平地。

"暴徒们也到了巴利山104号，"他说，"当时的情况很恐怖，因为我们不知道他们从哪儿又是怎么进来的。保安肯定是早听到风声了，因为他突然就消失了。然后暴徒就出现在大门口，开始砸门。阿米当时也在，还有我父亲和我妹妹，她带着她的儿子从班加罗尔①过来我们这儿。

"小里恩吓坏了，他那时只有八岁，吓得全身发抖，他问我们都会死吗？闯到这里的人会杀我们吗？

"他们开始扔石头、砸窗户，当他们朝大门扔燃烧着的灌木树丛时，我们明白事态很严重了，大家必须马上离开！

"那时乔纳森跟我们一起。因为他很担心所以赶过来看我们，我不知道他是如何避开那些暴徒和暴行的，他只是说了他是抄僻静的小路而来的。

"我们开始把一些贵重物品塞进袋子里——比如现金、珠宝、房产证。突然，我们看见乔纳森迈步走出大门。'这个傻瓜，他想干嘛？'爸爸问，但我无言以对。

"令我们恐惧的是，他径直走到前门，对暴徒们嚷着，叫他们住手，他打开大门让他们进来，就像一个好客的主人邀请宾客一样。

"爸爸快气疯了！'这孩子，他会把我们置于死地的！'

---

① 印度南部城市，卡纳塔克邦首府，印度第五大城市。

他说,那一刻我也感觉乔纳森失去了理智。我感觉被出卖了,感到害怕,感觉很后悔认识了他。

"我妹妹急坏了,她说在暴徒还没发现后门之前,我们应该都赶到后门去。我被乔纳森的所作所为惊得呆若木鸡,脑海里甚至闪现这样的念头:他想与暴徒达成交易来买通自己的安全。

"我要阿米、爸爸和我妹妹一起走,告诉他们我稍后与他们会合,但阿米说我们不能扔下乔纳森,他是我们的客人,他来这儿就证实了他的忠心。她坚称乔纳森回来之后她才会离开。你们都了解阿米,她一旦下了决心,我是很难劝她改主意的。

"我告诉她,让我们看看接下来会怎么吧?看看他想要干什么。如果事态变得严重,我们就冲上前去帮他。但现在让我们一边静观,一边祈祷吧!

"乔纳森这时打开了大门,我们就站着那儿看着,无助地看着。

"此刻暴徒们都安静下来了,他们也许想闹明白这里是否是骗局。这时大门开了,我们看见了他们:两百来个本地人,就是你在公共汽车站、火车上看见的和开车的那种类型,普通人而已!但那天他们眼露杀机,怒火中烧,看上就没打算要听谁说话。

"这时,我们的朋友开口了,他大声地说欢迎他们来到这里,做他们想做的事情,但这无疑是无知的行为,因为这会对马哈拉施特拉邦①造成极大的损失!

"一个头目站出来说他们知道这里住的是一户穆斯林人家,为什么他们要听乔纳森说的呢?为什么他们要放过这户人家?这家人到底跟马哈拉施特拉邦有什么关系?从一开始,他们就只是局外人,这跟他们有什么关系?

"接下来,乔纳森很生气地回答说:'好的,你想知道这家人跟马哈拉施特拉邦有什么关系吗?很好,让我来告诉你。你听说过坎霍吉·安格雷吗?他是伟大的马拉地海军上将,他与英国人、葡萄牙人和荷兰人都作战过,而且屡战屡胜。就算他们联合攻打他,他也同样击败了他们。在西瓦杰国王②死后,马拉地海军逐渐衰败,正是他令海军重振雄风,因此他被称作萨穆德拉特拉·西瓦杰。他从未打过败仗,也没丢过一艘船。就算他抓获了英国总督夫人的船,在收到赎金之后,他也给她安全通行。英国人却让他蒙上海盗的耻辱,但这让他就此作罢了吗?没有,诸位,他让英国人明白他们是以马拉地人的名义在印度水域作战。

"乔纳森看见他们已成了自己的听众,就接着讲下去:'坎

---

① 印度中西部的邦,首府为孟买。
② 印度马拉地国王(1674—1680),1674年建立马拉地国家。

霍吉·安格雷真的是马拉地人的骄傲。正是他建立了阿利巴格镇，正是他令安达曼群岛①成为印度的领土，正是他修建了船厂和坚不可摧的堡垒。这就是这家人在努力做的事情：正在拍一部有关他生平的电影，让举国上下都知道，我们这个邦造就了一些真正伟大的爱国者！'

"暴徒们突然鸦雀无声，他们的头目也瞠目结舌，无言以对。对付暴力和恐惧，他们没有问题，但这是暴乱中的一堂历史课——远远超出了他们的知识范围。

"协商了几分钟后，头目们走向乔纳森，向他道歉。他们说，他们不知道在这里，在这套别墅正在做如此重要的工作。他们请求乔纳森向我们转达他们的道歉和敬意！我们应该继续正在拍摄的好片，这是在为其他公民树立好榜样，我们决不应该受到伤害，然后他们就悄悄地离开了。走之前，他们在大门的两侧作上记号，暗示这房子受到了他们的保护。"

安瓦尔讲完了他的故事，脸上充满了敬畏之情。"现在你们明白了为什么我希望乔纳森待在这里，为什么我希望他跟我们住在一起，为什么我希望他把这儿视为自己的家，因为他是我们那天的救命恩人！天知道如果我们离开了会发生什么事。巴利山104号也许就夷为平地了，早就面目全非、洗劫一

---

① 全称安达曼·尼科巴群岛，是印度的中央直辖区，位于孟加拉湾与安达曼海之间，缅甸以南，距离印度大陆800公里。

空了。"

德鲁夫这时开口了,他若有所思地说:"但是你不觉得乔纳森那样是冒了天大的风险吗?如果他的方法行不通呢?如果那帮暴徒根本不给他开口的机会呢?如果他们杀了他,继续做他们想要做的事呢?"

"问得好!"安瓦尔回答,"我也问过他这些问题,但他说他从未想过他得不到开口的机会。关键是要引起大家的共鸣,他说。他对自己的谎言没有感到后悔,因为他挽救了我们全家的生命财产,而且他让暴乱者变成了捍卫者和拯救者。"

"我还是觉得风险太大了,"德鲁夫说,"这孩子的确是敢于冒险,他用自己的生命做赌注,这是因为他觉得没人在乎他,如有意外发生,也没人为他伤心落泪。他感觉自己是命运的孤儿,无人在乎,无人理会,这就是为什么他不珍惜自己的生命,几乎到了漠不关心和鲁莽草率的地步!"

九

德鲁夫和乔纳森在同一所中学读书。他比乔纳森高四个年级,比我们认识他的时间更长。乔纳森读文科时,很受老师和同学们的欢迎。虽然上课的出勤率不高,但颇受老师们的喜爱,因为他对自己的学科了如指掌。历史、文学、心理学、哲学,他对这些科目的知识了解远远超出了课本。他以读书为乐,而且总在读书。他的逻辑思维简洁深刻,但他总是在课后与老师们沟通,这种习惯让他们火冒三丈:"为什么不在课堂谈你的逻辑思维?乔纳森,为什么不来上课?"对此,他的回答是:"因为这种流水线式的机械教学方式并不适合我,我选择我要学的知识,按我自己的时间来安排学习。"

上课时,他周围总是坐着十六七岁的女孩们,她们热切盼望与他交朋友。当然,他期盼的是更多的东西,希望把她们搞到手。很不幸,那些女孩子只是把他当兄弟般看待,一个她们可以谈心的人,一个她们可以信赖的人。"乔纳森,这也是一种美德。"我们对他说,"可靠的男人不可多得。"他回答说:"没错,但我不想做可靠的男人,哥儿们,我只想跟她们上床,我想夜夜笙歌。"

其实,他尝试过几次,刚开始很不顺利,很尴尬的尝试(现在就没有必要详细描述了,没有必要让我们的朋友难堪!),后来他终于在鲁琪塔身上试成功了。他永远不会忘记自己是如何对待她的,对自己的退缩他这样解释:"性爱之后带来的心理负担让我难以承受,"他说,"我无法面对这些后果:情感的纠结和内疚感,也不能面对因为我侵犯了某个神圣的领域,所以我要因此担负责任。这样没完没了地谈论责任感,让我惶恐不安!让我生气的是我需要用种种承诺来满足我的本能需求。为什么要超越性行为本身呢?为什么要给予它比实际上更多的重要性呢?这只是一种本能的行为、一种降服的表现!坦白地说,如果我跟每个上床的女人都是这样的话,那我宁愿去找妓女,让我自己尽情享受,在我做完的那一刻也就完事了。当我们给予性行为过多的重要性时,它也就被曲解了。看看那些动物是怎样做的?只是在发情期行事,只是没有情感的一种功能释放,没有内疚感和依恋感。我明白自己具有双重性:一个浪漫的我和一个兽性的我,但并不是一定要牺牲一个，另一个才能存在。一段稳定关系的问题是：它否定了你身上的双重性；它让你循规蹈矩，却与你的本能冲突；它克制你的个人意志，让你被承诺束缚；它迫使你陷入盲目的浪漫主义，和并不存在的永恒的幻觉。哥儿们，你们说说看，我们这是想骗谁？内心深处我们都是一头凶猛的野兽。"

我们都清楚他的这些观点都从何而来——他父母失败的婚姻。他们的誓言只是空话，他们靠寻找情人来填补婚姻的空缺。快乐、善良的乔纳森会偶然撞见他的母亲在那些他叫"叔叔"的男人的怀抱中。他们总是深夜来访，那时他的父亲正在工作，这一切让他伤心，让他不解。库蒂叔叔跟妈妈在干吗？他不应该在工作吗？他不是爸爸的朋友吗？不是应该为爸爸写的故事拍照片吗？为什么卧房的门总是关着？那少女般的欢快笑声又是怎么回事？那笑声，令他反感！

乔纳森的记忆回到了更加遥远的地方，那时他还是一个六岁小男孩。妈妈把他从学校接来之后就带他去一个雕塑家的家里。他是一个大块头的家伙，长着一张多肉的大脸，结实的胸部，棕色头发和细长的眼睛；这家伙总是穿着一件背心，围着腰布，抽着烟。妈妈把他留在客厅，厅里面摆满了白色的雕像，然后她就跟这家伙消失在卧房里了。进屋之前他看着乔纳森说："现在乖乖待在这儿，小屁蛋！不然他们就会变成活人来惩罚你，把你变成雕像不能动，哼，就跟他们那样！"他一边笑着,一边扯着乔纳森的脸蛋,很用力地拽。妈妈在一旁总是一言不发,相反,她总是微笑着,因为她以为这个雕塑家对她的孩子非常友好。

这当然不是真的,这家伙只是个卑鄙的伪君子。乔纳森可以看出他不喜欢他,他身上有种东西让乔纳森害怕。乔纳森很讨厌他摸自己,他用力捏乔纳森的脸蛋,令他难以忍受,还叫他小屁蛋!乔纳森把他恨得是连心肺都要气炸了,他还把妈妈抢走了一整个下午,大汗淋漓、穿着沾满泥土校服的乔纳森被他关在门外。在那里,在那个临海的大公寓,午后的阳光洒落进来,照亮了那些雕像的面庞。乔纳森必须等着妈妈,他坐在板凳上,周围是那些冷冰冰的雕像,脚边放着他的书包;他背过脸,小心翼翼地伸手去拿他的水瓶,唯恐哪个雕像会突然变活来抓他。对这所有的一切他记得如此清晰,但他几乎闭口不谈,只是在喝醉酒或心情沮丧时才说起。

那时他会向我们敞开心扉。作为一个孩子,他总是幻想着如何把妈妈从那个男人身边抢走。他们三个人一起去了海滩,在海中蹚水玩耍。乔纳森突然出其不意将他推倒,他就被海浪冲走了。哈哈!他不会游泳,在水中惊慌失措地乱扑腾,吞了好多好多的海水;他一再恳求乔纳森来救他,乔纳森当然不会去救他。妈妈紧紧地抱着乔纳森,一边抽泣着,一边感谢他救了她。之后他们非常开心:只有他和他妈妈。他们一起在海边漫步，吃着玉米棒、香辣爆米花和棉花糖。

成年后的乔纳森认为他把这份痛苦掩藏得很深，但我们都看得出，他妈妈行为上的不检点深深地伤害了他，令他不知如何表达，所以对自己的生活，他不喜欢固定某段关系，不喜欢去维持某段关系。喝了一晚的酒后，如果不是太疲惫，他就会突然消失，我们知道他会去哪儿。一定又是在某个妓女的怀抱中寻求解脱。与鲁琪塔分手后不久，他就开始这样做了，大家禁不住猜测，他不会是想用自己的这种方式来忘记她吧！从我们观察到的来看，他与鲁琪塔的关系有很温柔的一面，她给他买书、买衣服、办银行卡，对他全心全意。她试图控制他抽大麻，这让他紧张不安，心里却暗自喜欢她这样。她称他是她的宝宝，她的小男孩儿。虽然我们在场时他觉得很尴尬，但实际上这让他感受到了爱，也是他需要的。随着这份依恋日益渐长，对天长地久的那份恐惧也随之而来，这种在情感上对某人的彻底依恋令他突然变得冷漠，喜欢虚张声势。他向往逃到一个没有责任、没有恐惧的世界，在那里他才感到更安全。

我们是怎么知道他去拜访过那种地方呢？因为每次去之前他总是把我们中的一个——那时他欠债最少的那个人——拉到一旁，私下索取几百卢比，趁其他人未曾留意时装进自己的口袋，然后到洗手间以清水洗面，喷上古龙香水，停留好一阵后把一大杯威士忌一饮而尽，临走时送上一句"别指望我回来,哥儿们!我想见你们的时候,你们就看见我了!"然后就消失了。

之后他会把他在风月场上的经历吹嘘一番。"跟我在一起,她们表现得并不像一个妓女。在某种程度上,她们都有或多或少的感情投入。我可以从她们的拥抱中感受到,在她们的眼中看到。这是因为我没有把她们当妓女对待,我把她们都当作独一无二的女子来沟通,让她们觉得自己很特别。"

乔纳森喜欢在回家的路上讲述他那些皮肉交易经历的愁苦,他一般跟德鲁夫或跟我说,很少跟普拉肖特讲,因为他的个性过于敏感;也不会跟安瓦尔说,他有着上流社会的尊严,绅士般的文雅,你不想令他感到不安或玷污他的名声。

有一次,跟他在一起的一个妓女令他想起了朱蒂卡——他住在卡尔时的邻居,朱蒂卡跟那些住在卡特路上骑摩托的男子交往。这个妓女长得很漂亮,为了留住她跟自己待整晚,他付了一大笔钱。据他说,她长着跟朱蒂卡一样真诚的黑眼睛,一样带酒窝的脸蛋儿,一样高高的尖鼻子,而且待人谦虚,脸上散发着一种自然的温柔。乔纳森那晚又是喝酒又是抽大麻,见到她真是感到迫不及待了。他把她带进房间后紧紧地搂着她,把头埋在她的颈脖上就狂吻起来。

令他大吃一惊的是,她开始大哭起来,头贴在他的胸前,哭得好像要掏空了五脏六腑。同样的酒精和大麻,之前让他的荷尔蒙剧增，现在却让他满怀怜爱之情。轻抚着她的头，他设法哄她说出了痛哭流涕的原因：原来今天是她的生日，她想家了，想她在那个村庄的家。就在他的怀里，她哭得凄凄惨惨，情不自禁地把心底那份极度的绝望和痛苦都宣泄出来。

她的泪水湿透了乔纳森的衬衣，他在与自己的良知作斗争。"这两千卢比可以用来做一次冒险，也可以用来满足燃烧的欲火，太难做出选择了。"他很严肃地说。

然后他做出了决定。他把自己从她的手臂中抽了出来，告诉她他很快就回来。他走出房间，找到妓院的老鸨，一个满脸皱纹的女人，涂着厚重的口红，长着一对精明的眼睛。他跟她提议说，他想办一个生日会。

老鸨拒绝了，这简直不可思议，她说，今天是他在这里，但是如果其他的姑娘也决定庆祝生日的话，明天就是她得为她们付钱了。最好是由它而去，眼泪迟早会干的；她们总这样，难道还有别的选择吗？实际上还有别的选择吗？

乔纳森毫不客气地提醒她，姑娘们都称她为"妈妈桑"，而且把她当作监护人一样地信任。如果她没有保护好她们，下辈子她还要做"妈妈桑"，脱胎换骨后还是妓女！她希望是这样吗？她真的希望这种事发生在自己身上吗？

老鸨听着这个壮实小伙子义愤填膺的慷慨陈词，终于发了善心，答应让他开这个生日会，但只有一个小时。

事不迟疑,他马上行动起来,飞奔到就近的餐厅,买了一些盒装的巧克力饼干、果酱、香草冰激凌和蜡烛。

回到妓院,他逐间敲门,把妓女和她们的客户叫出来,跟他们解释,马上会有一个派对,一个意外的派对,他邀请所有的人来参加。

一些妓女对他大喊大叫,骂骂咧咧,她们质问他是喝醉还是发疯了?

但他并没有放弃。这是庆祝你们姐妹的生日,他说。今天她满十八岁,她们——作为她的家人——应该跟她在一起。"来吧!你们的姐妹需要你,献上你们的祝福后再回去干活,你们会更加享受,我保证。"

慢慢地,门开了,妓女们陆续出现了。她们个个头发松散,肚皮外露,穿着低腰衬裙、低胸罩衫,露出丰满浑圆的乳房。

乔纳森把她们赶到候客区,然后就地而坐,也让妓女们坐下。她们有的坐在椅子上,有的坐在沙发上,有的坐在客人的大腿上,有的就坐在客人的脚上,确保他们之间有身体上的接触,拨旺他们之间燃烧着的欲火。

朱蒂卡就坐在乔纳森的身边(他心里决定就这么称呼她了)。他把饼干放在桌子中间的托盘里,把它们一排排摆好,组成一个长方形,然后在饼干上抹上果酱,在果酱上再叠上饼干。再在上面添加几勺松软细腻的香草冰激凌,然后把冰激凌抹开,如同一层糖霜,在饼干之间插上小蜡烛。他点亮了蜡烛,一根接着一根。

接着灯灭了,所有的人都屏住呼吸看着他。他切下一块蛋糕,递给了朱蒂卡。再看朱蒂卡,她微笑着,面带羞涩,身体迫不及待地往前倾。

在她吃蛋糕的一刹那,他用力鼓掌,其他所有人也跟着一起鼓掌。这时,他突然唱起了一首歌,沙米·卡普尔[①]电影中的《生日快乐》版本,他那幽默、滑稽的颤音演唱风格让所有的人哄然大笑。

乔纳森站起身,要求放点音乐。有人打开了一部老式的收音机,音乐响起,他随着音乐跳起来。和以往一样,无论何时,只要他一跳舞,所有的妓女都看得如醉如痴,她们的客人也是如此,都在为乔纳森欢呼雀跃。好像他身上具有磁性,妓女们都被他吸引过来了,一个接着一个往前走,挥动手臂舞起来,仿佛她们都是自由、快乐、解放了的灵魂。老鸨也是眉开眼笑,她之前从未目睹过这一幕——她所有的姑娘们都很开心,所有的客人也很开心。

每放一首新歌,妓女们都簇拥着乔纳森,希望能学到他的舞步,但他只是紧贴着朱蒂卡。这时他已知道了她的真名,她

---

① 沙米·卡普尔(1931—2011),印度宝莱坞影星,被誉为"印度猫王"。

在他的耳边悄悄说是"莎娜姆"。

老鸨看入了迷,她从未看过她的姑娘们像现在这样,从来没有,而且这些嫖客似乎也不介意失去他们宝贵的嫖娼时间。

老鸨明白了跳舞对她的姑娘们的好处,让她们逃脱生活的乏味和不幸。后来,她听见了从房间里传出来的打情骂俏的欢笑声。

这一切对她的生意有益,她想,很有益。于是她向乔纳森提议,如果他每星期来教姑娘们跳一次舞,作为回报,他可以挑选任何一个他想要的姑娘。

"这件事是要选择一个姑娘而放弃另一个,这样就出问题了。"一天早上,在班德拉火车站乔纳森对我说。我们狂喝了一晚之后,在等那天的第一班火车。我往南走,他往北。"有些姑娘喜欢我,跳舞时她们总是试图把其他人挤出去。还有如果哪个晚上我挑了其中一个姑娘,其他的人就会闷闷不乐,下次就拒绝来跳舞了。"

"那你怎么处理这件事呢?"我一边问,一边想象着他与那些杏眼圆睁的妓女们共舞的场景。

"很简单!我训斥她们,把她们好好地教训一顿。我告诉她们跳舞并不是逃避现实,舞蹈是诗歌、是艺术、是音乐,是这一切的组合。只有相信这些,她们才能跳好。她们应该把自己奉献给音乐,而不是那个舞者。我还跟老鸨说,如果让我挑一个姑娘却放弃其他的姑娘,这种方法行不通。她以为我想要报酬,立刻变得紧张不安,这时我提议我应该同时挑两三个姑娘,这样表达的意思是跳舞是跳舞,性是性。她同意了,然后我就可以体验我最喜欢的幻想之事了。"

尽管乔纳森喜欢寻求刺激,但他仍旧保持着小心谨慎的一面。在巴利山104号狂饮之后,他总是坚持自己洗自己的杯子。当安瓦尔反对说他没有必要那样做时,他总是说:"放心!我知道我在干什么,我不想给你们这些有稳定家庭的人染上毛病。如果我一定有什么要传染给你们,那就让我的天赋来感染你们吧!"

有一次他在我那儿过夜,我妻子到她妈妈家去了。睡觉前他问是否可以借一件我妻子的睡袍。"旧的就可以了,"他说,"那种不需要再还给你的。"

"干吗?!乔纳森,你想跟我暗示什么吗?"我半开玩笑半带忧虑地问他。

"放轻松,古希,并不是你想的那样。我有这该死的淋病,我的鸡巴火烧火燎。在这种情况下,没有什么比女人的睡衣更能给我安慰了。不用担心,我没打算弄脏你们两夫妻的床,我会睡在地上。"

如今回想起来,坐在巴利山104号温馨、宽敞的客厅,我们把酒言欢,喝得酣畅淋漓。一想到肥腿乔纳森穿着透明丝质睡衣在房里飘来飘去的模样，大家都忍俊不禁！

乔纳森时常在喝酒时走到窗边，哀叹麻雀变得越来越少，哀叹乌鸦没有足够的树枝筑巢。"乌鸦是最好的父母，你们知道吗？"他兴致勃勃地说，"他们建最结实的鸟巢照顾他们的孩子，直到孩子们可以照顾自己。"

我们都明白他为何会说出这番话：因为他有一个从未医治、愈合的伤口。总而言之，这是一个与妓女寻欢作乐的人，他在大麻、酒精、性欲、奇思异想和蹦迪中寻求刺激，他是一个对立面的结合体，一个自相矛盾者，如同一锅汲取独特风味的炖菜。

难道生活不也是这样吗？我在想，生活不也是一系列形形色色的欲望，各种各样的渴望吗？我的思绪又飘回到乔纳森的故事，在班德拉车站的晨光中，他向我娓娓道来。对了，那个车站——我们称它为"上帝的候车室"，因为那里有上帝给予我们的启示，和一座城市等待它活力爆发那一刻的领悟。一旦苏醒，它就不会放慢脚步；一旦站起，它就得迈步向前。

为了生存，每天有五十万人在这里乘火车。车站总是摩肩擦踵，人头攒动，如能得到一席喘息之地，他们就感激不尽。我们两个却选择这个时间搭火车，因为我们喜欢等待的那段时光——那段"寂静的沉思时光"，正如乔纳森所说。有时我会想，乔纳森实际上计划好了在那儿度过那段时光，他期待着我们在尘土飞扬的站台或早班车上的闲聊,而不是在巴利山104号凉爽的、倍加舒适的卧房里。

在火车站,我俩喝得醉醺醺,一身燥热,然后瘫坐在长椅上,旁边是鼾声大作的流浪汉和吸毒者。站台下面的铁轨上,老鼠在碎石之间边嗅边找寻着碎面包、水果皮、萨莫萨炸角碎片等食物。

乔纳森总是把那些颇为惊心动魄的故事留在这种背景下讲述。他知道如何选择环境说话,这哥儿们,而且做得恰到好处。在这孤独时刻,寂静无声,只有月台时钟那刻板的指针在它古老、苍白的脸上蹒跚而行,火车碾压着碎石呼啸而过,消失在浓浓的晨雾中。这时,乔纳森就开始讲述他的故事,叙述他的经历,令你睡意全无。

就在这里,他跟我讲述了一个妓女乳房被烧伤的故事。

她去裁缝店取她儿子的校服时遇到了这群暴徒,成千上万的暴徒。他们拿着剑和火把,个个大汗淋漓,头上用朱砂抹着条纹,目露凶光。暴徒们没花多少时间就认出了她属于"另一个"教派。她当然有向他们苦苦哀求,她说她不知道这些宗教、信仰之间有什么差别,她所希望的只是让她儿子去上学、受教育,所以校服对她很重要。为了他的校服,她拼命存钱,一点一点,她终于攒足了!过了这么多个月,她终于存够钱了!她不知道自己是如何向他们表达的,但她感觉自己的心都要跳出来了!

但是他们有听她说吗?他们愿意听吗?他们只告诉她那个裁缝已经死了,他本人、他的店、他的衣服、他的布料、他的缝纫机,所有这一切都被付之一炬。她的儿子也会遭遇同样的结局,他看不到自己长大成人的那天,也看不到明日的夕阳。她跪在地上潸然泪下,为裁缝,也为自己的孩子。片刻之后,她突然感到一阵剧痛,一个燃烧着的轮胎重重地套在了她的颈脖上。

暴徒们继续前行,手中举剑,齐声呐喊。这时她挣扎着抬起轮胎,烧融的橡胶滴在了她的颈部、胸部和手指。她告诉乔纳森,住在她那个区域的其他女孩就没那么幸运了,暴徒们把她们的眼睛挖出来,砍断她们的四肢,把她们腹中的胎儿掏出来,挑在剑鞘上。她看见了这一幕,是的,她亲眼目睹了这一幕!

乔纳森听到这儿,他神情庄重地凝视着那对乳房,目不转睛,温柔地与她做爱。

接下来是夏鲁玛蒂的故事。她被派到城郊去招待一位客户,到了那里,她才发现她必须加入三人做爱的游戏,这个客户希望她和他的妻子一起参与。夏鲁玛蒂倒也不介意,因为这个男人付了高价,而且这次上门服务也适合她。因为第二天是星期天,她要去看她的女儿。她的女儿在潘韦尔的一家寄宿学校读书。事情进展得很顺利,连妓院的老鸨也很合作。"别忘了带点东西给孩子!"她对夏鲁玛蒂说,"你可以用一半的钱来买礼物,带回另一半就可以了!"当夏鲁玛蒂第二天起床要离开时,这个客户央求她再多待一会儿,她回答说不行,她要赶很远的路:她要搭汽车、火车、然后转公交车。但这个客户说她不用担心,如果她可以再跟他们多待一些时间,他可以让他的专职司机送她过去。

她可以坐专职司机开的私家车去她女儿的学校,一想到这儿她就兴奋不已,她立刻同意了。她答应了她的孩子她会第一个赶到学校,比其他所有的妈妈都早;然后带她出去,她想要什么就买什么。

夏鲁玛蒂要离开的时间到了,但这客人说他的车不能送她,因为他要赶去一个很重要的会议。他的幻想是满足了,但他跟夏鲁玛蒂和她女儿开了个天大的玩笑!

现在她要迟到了,她得靠公共交通去女儿那儿了,一想到让她女儿失望就让夏鲁玛蒂感觉要发疯。她破口大骂这个客户,说他是个"骗子"。他把钱扔给她,命令她滚出这房子,她捡起这些钞票,朝他脸上扔回去,但她马上就后悔了。他叫来司机,让他把她赶出去。他的妻子试着从中调解,对她丈夫解释说,因为有个孩子牵扯到这件事里,她的孩子在等着她。但是他对妻子的恳求置若罔闻。

夏鲁玛蒂被赶出了屋，也没有得到应付的报酬，她站在他家门外，大骂他、诅咒他。司机扬言要揍她，她挑衅他尽管照做。突然，她的眼睛落在了那辆本该送她到潘韦尔的车上，旁边摆着一些花盆。她举起它们，把花盆一个一个地朝车上扔过去，朝那个司机扔过去，朝那个客户扔过去。现在他慌了，不仅是为了他的车，也是为了他的名声。

那个男人躲过了她扔的东西，但那部车没那么幸运。泥土砸在了车身上、玻璃上，噪音很大，邻居们都出来围观了。是夏鲁玛蒂该离开的时候了，离开之前她想再扔最后一个花盆到大门上，那个哄她上当受骗的这座楼房的入口。

正当她要举起花盆时，那个司机朝她冲过去，抓住她的头发，开始打她，连揍了好几拳。他急于在围观者面前表现出对主子的一片忠心。

夏鲁玛蒂咬了司机的手后挣脱着跑掉了，但她没有向大门跑去，却跑到那个客户的妻子面前，跪倒在她的脚边。她痛苦不堪，泪流满面，她渴望得到另一个女人的理解，但这个女人却走开了，声称夏鲁玛蒂不应该在她第一天做女佣就偷东西，不应该这样破坏他们对她的信任。她高声嚷叫着，好让邻居们都能听到，这时已经聚集了很多围观者了。

这时，她丈夫已经报警了。警察及时赶到，带走了夏鲁玛蒂。她在警署待了四个晚上，受尽了虐待和折磨，但皮肉之苦怎能比得上让自己女儿失望那般痛心！她的孩子再也不会跟她说话，不会接她的电话。乔纳森做过几晚她的情人，她曾问他："你们这些男人，什么时候你们才明白一个女人的心有多么脆弱？！什么时候你们才学会尊重女人？"

"我能说什么呢？"乔纳森对我说，"想想鲁琪塔！想想我不是也犯了同样的罪过吗？"在班德拉车站苍白无情的灯光下，长大成熟了的乔纳森说了这番话；他睁大双眼看着我，对在妓院听到的真实故事心存感激！

也正是在这里，他给我讲了与老鸨儿子成为朋友的故事。

瓦伦二十岁，说话轻声细语，颇有礼貌，做事有点犹豫不决。他住在妓院后面的一间小屋，总是穿着色彩鲜艳的T恤衫、宽松牛仔裤、冒牌的运动鞋，长着胖乎乎的脸，眉毛又浓又黑，一头卷曲的黑发。乔纳森说他身上有某种东西在暗淡、凄惨的妓院里显得特别引人注目，一种温和、柔弱和天真的东西。

他出来的时候妓女们总是奚落他，而他总是红着脸，一声不吭地走过去。乔纳森问老鸨为什么这孩子这么怕羞？为什么他总是眼睛朝下看，不看人，一言不发？老鸨解释说，他是个同性恋，妓女们以此嘲笑他。她们勾引他、诱惑他，有时是存心气鸨母。如果她们做得太过分了，她会骂她们，但她不能每次都这么做；而且，她觉得自己的孩子很丢人。她试过了所有书中的方法来改变他,她带他去看过医生、巫师、牧师,但没有任何一样见效,他反而变得越来越娘娘腔了!有一天,他对她勃然大怒,跟她说他就是因为她才变成同性恋的;他不能忍受和目睹她做这种皮肉交易。他的话让她肝肠寸断,哭了整整一天,下定决心永远不再过问他的事情。他跟谁在一起,去哪儿了,干什么了?这些统统都与她无关!

乔纳森十分同情瓦伦,于是常到他房间去看他,跟他聊天。他试图了解瓦伦有什么兴趣爱好,但瓦伦说他没有什么特别喜欢做的事情,只是如果乔纳森肯帮他一个忙,他会对他终生感激不尽。

"我同意了,但并不知道是什么忙。"乔纳森说,"瓦伦对我说:'你可以借我十万卢比吗?一年之内我就会还给你,我保证。'我想拒绝他,但没有马上说。我想知道他要这笔钱干什么?如果他遇到了什么麻烦,也许我会帮他。他说他需要这笔钱把自己阉割了。如果他把自己阉割了,他就可以做人妖了,可以有漂亮的容貌,女人般的迷人身姿,他就会过上好日子。然后他看着我说,他告诉我为什么他想要这么做,但是让我不要告诉他妈妈。我答应了,心想:这真是一个天真的孩子,我希望他不是被人洗脑了,也没有交上什么不良朋友。他说他已经查了所有相关信息,手术安全、可靠,而且他再也不需要生活在谎言中,他一直渴望把体内女性的一面释放出来。

'但是为什么要做人妖呢？'我问，深吸了一口气。他回答说，如果做了人妖，他就可以赚大钱。在德里的达官显贵们为这类性生活支付慷慨的费用，因为他们已经厌烦了现存的男女关系。他说他已经找到了联系人，可以帮他找到固定的生意。'但是如果这样，你这不是重操你妈妈的旧业吗？'我说，'落入你鄙视的同一个陷阱？'他注视了我良久之后，痛苦地回答说：'你想想我为什么要这么做？是为了我妈妈呀！这样我可以赚到足够的钱让她离开这个行业。我没读什么书，没人会给我工作机会，上到七年级就退学了，因为所有的男孩都取笑我像女孩子。用这种方法我可以很快地赚到钱，存起来，为我妈妈买回自由。也许还能给她买栋房子，这是我们唯一的希望。我不能看她自我毁灭，日复一日，忍受那些妓女们无声的诅咒和皮条客的虐待。卖了自己，我可以让她安享晚年，也许我还可以弥补她曾经失去的那部分生活。'"

我走到站台边，突然感到那晚喝的酒、吃的菜正从体内往外蹿，一不小心就喷涌而出，全吐在了铁轨上。终日美酒佳肴，醉生梦死，令我无法面对，甚至听不下去这些。乔纳森立刻来到我身边，对我说："糟糕！真抱歉，古西！我只是想你应该知道，生活中的阴暗面的确令人难以承受！"

十

曼沙克蒂,意为"智慧的力量",是一个非营利慈善机构组织,专为妓女和她们的孩子提供专业咨询服务,由卡维塔·德赛负责。卡维塔二十八岁,从事社会福利工作,在印度社会科学院获得博士学位。乔纳森决定把瓦伦的问题告诉她,她听后立刻同意帮助瓦伦。她说她至少要见他六次,最后一次她会请来两个死于阉割手术者的家属,让他们跟瓦伦谈,劝他不要去做这种手术,之后她还会邀请瓦伦加入曼沙克蒂做义工。

"你真能这么做吗?"乔纳森问。她回答说:"当然,没问题!如果我没有把握来引导他,为什么我要花自己的时间呢?如果他能在这里工作,他就可以找到目标;他可以利用对这个行业的了解来帮助其他的人。你看,我们在这里提供的不仅仅是咨询服务，我们还确保这些性工作者的孩子每天晚上都可以住到收容所去，让孩子远离他们母亲从事行业的丑恶，学习一些有用的技能。这些技能会帮助他们更好地应对生活的处境。这是一份全职工作，说真的，我们一直需要义工。其实你应该考虑加入我们的行列，如果你想做一些有意义的事情，这就是你应该来的地方。但是，我必须提醒你：我们付不了高薪，因为我们没有足够的资金。"

乔纳森果然去做了义工。一个星期之后，他跟我说："古西，我想我找到了我的使命了。这个女人，她唤醒了我身上的某些东西。我看见她凡事都亲力亲为，教孩子们如何用餐，如何穿衣，如何礼貌地提出请求。她教他们讲卫生、讲礼貌、练瑜伽。带他们去看医生，让他们得到及时治疗；我还看见她痛斥那些不把孩子送到收容所的性工作者。没错，她是个拼命三郎式的女人，但她做事都是出于善意，孩子们都喜欢她，我能明白为什么。虽然薪水少得可怜，但是我不会把它看得太重，生活中不是每件事都要以赚钱为目的，况且这个商业化的社会实际上很虚伪，一切都是为了自我，都是为了一种满足感。你以为自己与众不同，别自欺欺人了，实际上并非如此：你只是在贩卖假象，利用人性的弱点来赚钱罢了。但是，在这里我真的能做点不一样的事情。我有很多想法，很好的想法，之前我一直把它们浪费在商界上，但现在，我要帮助这些孩子，我要做一些有价值的事情,一些能改变生活的事情。"

说到做到,乔纳森令收容所大为改观。他负责照顾那些大孩子,十五岁及以上的男孩,"让人很头疼的那类孩子"。他们对母亲怨恨交加,长大了很有可能成为皮条客、毒品贩、吸毒者和罪犯这类危险人物。他给他们找来了一台电视——是阿米·可汗捐赠的。每天晚上坐在电视机前,他让他们看历史节目、新闻和体育频道。节目播完之后,再让他们积极参与辩论。他引导他们思考、提问,然后得出一个合乎逻辑的结论。这样,他让他们的思想远离妓院那种枯燥无味、一成不变的恶劣环境。

他还从安瓦尔那里弄了一台旧电脑,用这台电脑教孩子们Word 和 Excel,教他们上网,同时确保色情网站都给屏蔽了。

但是孩子们真正期待的是他的戏剧课。他教他们表演,一周两次组织演出社区和谐、滥用毒品和预防艾滋病这类主题的舞台剧。只要他们有信心,他就带他们到街上、学校门口和火车站去表演这些剧目。

穆斯塔法·可汗似乎对乔纳森的工作有着浓厚的兴趣,他帮助写了两个剧本:一个是《安达·阿肖克》,写关于一个失明的男孩迷失了方向感,但在朋友们的帮助下走出了迷途。《阿达什·贝塔》是写一个理想中的完美男孩,他理解做妓女的母亲只是迫不得已。第二部戏他邀请瓦伦共同排戏,瓦伦现在变化很大，是一个快乐的小伙子，对自己的性别差异比以前感觉好多了，对自己的志向抱负也更脚踏实地了。能和乔纳森一起工作，这让他兴奋不已。他已经放弃了阉割的计划，准备租一间房跟妈妈一起住，远离红灯区。

卡维塔·德赛同意提供一间房给瓦伦，条件是他要继续学习，参加SSC①考试，取得好成绩，瓦伦也同意了。

在收容所的每一天都有新的挑战，新的见解，也带来了新的希望。据乔纳森所说，一切都是为了做善事，不是为了编织一个骗局，或想出诱骗客人的伎俩。"这份工作最大的好处是——你不用想着如何保护自己，"他说，"你不用担心他人抢了你的好点子，没有人会来挖苦你，没有人会对你故作姿态。我们都是为了共同的目标而奋斗，而这目标比我们任何人都高大。他们说的不假：你追求什么就成为什么样的人。谎言撒多了，连你自己都开始相信谎言了；但是，如果你实事求是，你就感觉与生活紧密相连，会活得更轻松、更愉快、更坚强！"

乔纳森的确很开心：我们都能看出他眼中的那份快乐。他说，跟孩子们一起给了他目标，还有他以往缺乏的一种责任感。跟他们待的时间越长，他就越明白他们的问题所在，就越能发挥自己的作用。

---

① 印度为了招聘工作人员到政府部门的职位考试。

他教孩子们勇敢面对他们母亲的那些嫖客，这些人总是试图欺负他们。他建议他们不要嚼槟榔和嚼烟叶，因为它们都会令人上瘾，而且危害健康；他告诫他们要抵制那些消磨时光的诱惑物，比如电脑游戏和街头赌博，这些都会让他们背上债务，迟早会让他们犯罪；他教他们日常英文用语，这样他们在医院和警署时可以得到照顾；他还教他们如何开通银行账号和定期存款，帮他们找广告牌的维修工作。他们在晚上上班，这样就可以远离他们母亲从事的行业，而这一切都要多谢穆斯塔法·可汗在电影圈行业的那些关系。穆斯塔法·可汗和安米·可汗都暗自为乔纳森所做的这些积极、有益的事情感到欣慰。每个月的最后一天，他会带孩子们去电影城，让他们亲眼目睹电影的拍摄。这一切都由安瓦尔安排，那时他正在协助他父亲拍电影，而这种体验令孩子们整整一个星期都兴奋不已！

白天，男孩子要去市政公立学校上学，他们只在傍晚时才回到收容所。在这之前，乔纳森总是跟卡维塔·德赛在一起。他总是陪她一起冲进妓院，质问为什么那个妓女没有把女儿送到学校去；为什么那个妓女的嫖客派她的儿子买毒品和烈性酒；为什么那个妓女的女孩被反锁在洗手间，而她自己却在接客？他们可知道这样做会对这个小姑娘心理造成什么样的影响吗？他们可知道孩子对黑暗的恐惧？为了她发誓要保护的人，卡维塔·德赛变成了一个愤怒的正义卫士,变成了沙克蒂①女神。

她帮助那些有语言表达障碍的女孩——她们目睹了自己的母亲被虐待或是自己被虐待过,乔纳森在一旁看得心醉神迷;当她教性工作者勇敢面对那些敲诈勒索的嫖客时,他目睹了她的义愤填膺;当她直面老鸨的咆哮和以后果恐吓她的皮条客时,他默默无语在一旁紧张地守候着。有时一些性工作者在天黑前突然消失,虽然老鸨和皮条客拿不出什么证据,但他们知道就是这个女人——卡维塔·德赛,要对这一切负责任。

乔纳森当然早就知道这些,他知道她如何精心策划了这场出逃,她是如何把这些女孩解救出来的。不就是他陪她去了加特克帕的美容院,她说服了美容院的店主雇用了其中的一个女孩吗?当她找到护理专科学校的校长时,他不就在现场吗?她请求校长免费招收两个女孩,她说一旦她们开始挣钱,就会补交学费给学校,但在这之前,学校应该把她们安排在收容所,在那里她们会安全多了,不会有任何危险。如果这些姑娘就业了,她们的子女们也就可以安排在市区外的寄宿学校读书了,但是请允许他们的母亲每个月都能看望孩子,带给他们衣服、书、玩具和家常便饭一类的东西——这是卡维塔·德赛特别坚持的一点要求。

---

① 在印度教中被称为"伟大的圣母","沙克蒂"意为"能量""力量"。

看她如此投入地工作，全然不顾自己的安全，乔纳森怦然心动，这是怎样的一个女人啊！这是怎样的奉献精神啊！他可以想象出他跟她在一起。是的，他可以想象出来！他说，其实他只是在等他的意中人出现，现在她来了；是的，她已经出现了！这是令乔纳森分外激动的时刻，为此他心甘情愿用他的自由做砝码。现在他是少喝酒、少抽大麻、早起、准点上班，而且总是面带微笑，一种怪异却是满心欢喜的微笑。

他试过两次约她出去，但都被拒绝了。他并没有介意太多，因为在某种意义上说，她并不是直截了当地拒绝他。她只是笑着说，哪里有时间呢？有工作要做，而且是重要的工作。我们先要去妓院，然后去贫民区。又有一个问题引起了她的关注——贫民窟的用水危机。她看见女人和小姑娘们仅仅为了两桶水要排上几个小时的队。卡维塔从她在印度社会科学院的朋友那里得知，贫民窟的女人头顶着沉重的水桶，每天步行两到三公里，然后艰难地登上狭窄的楼道，才能到她们住的位于顶楼的棚屋。这样常常会导致严重的头盖骨和脊椎问题，她们甚至还要依靠中间人来解决她们的用水问题。中间人从中收取昂贵的费用，甚至向她们提出求欢，最终那些小姑娘也不能上学了。"用水是一项基本人权，"她总这么说，"但在这里，在孟买，市政府居然不能保障市民的供水。真正让我气愤的是市政府为饮料商提供几十万公升的水，建筑商和酒店商的用水欠款高达几千万卢比。对社会精英，水是无处不在；但对穷人，却必须为了一桶水而苦苦挣扎！这种彻头彻尾的不公平让我感觉要发疯，让我想杀人！我希望我可以掌管这座城市，我会让他们看看这座城市应该如何管理。"

"我希望能把自己交给她管理，"乔纳森伤感地说，"能与这样的女人在一起，我会感到很安全，我会变得脚踏实地。"

这时，我向他提到他的那套"无承诺性欲"理论：情感无足轻重，本能高于一切。对此，他回应道："尽管说，古西，尽管来反驳我吧！看在上帝的份上，一个人就不能改变他的观点吗？或者至少可以稍作修改吧？难道我说的每一句话就必须一成不变吗？就算甘地①也在他的几本书中提过这点，说他在这本书中的观点可能与他之前表达的有所不同。他说得很清楚，人的思想就如同多变的风景。更何况我根本就没有试过做一个甘地的信奉者，我只是一个革新派的享乐主义者。"

"我不知道'革新派'是什么样。"我回答说，"随着年龄的增长，你也许变成熟了。再说，单身这么长时间后，你对自己那套炉火纯青的泡妞技巧也逐渐生疏了。"

我以为我的这番话会激怒他，谁知他回答说："你也许是对的，知道吗？只有这一次我被一个女人搞得不知所措。在我看来，她眼里只有工作。我觉得她是一头扎进了现实中，扎得

---

① 甘地（1869—1948），印度民族运动领袖。

太深了！稍微放松一下自己她都感到内疚，觉得这样做会让那些女孩们失望。我从没见过这样一个完全不顾自己感受的女人！"

"如果她没有一颗敏感善良的心，她还会做现在所做的事情吗？"我问，"再说，像她这样的女人，如果没有深思熟虑，她是不会随意表白自己的。她根本就没想过爱情，爱情也不会在她的议事日程表上。你必须让她对你产生好感，让她能以一种新的眼光来看你。我不知道这到底应该怎么做，但这肯定不会是一件容易的事！"

后来，有一天他告诉我他们有可能拿到资金了，卡维塔·德赛问他是否愿意和她一起努力来实现这个目标。为此他俩必须密切合作，需要加夜班，待在收容所，不管是节假日还是周末都没有休息。她腼腆地跟他提到此事，没有摆出一副作为上司的架势，而是以一个女人难以启齿的口吻来提出请求的。

一家国际石油公司似乎很热衷于把自己的资金投到他们的项目中，他们所要做的事情，是要策划一个针对出租车司机和卡车司机，提高艾滋病认知水平的宣传活动。出租车司机和卡车司机多为外来人口，他们患病的机率很高。这些人离开家乡来到这个城市，沉溺于性事，不觉羞耻也不受谴责。这就是为什么他们会染病，为什么他们在村里的妻子会被传染，为什么他们毁了妻子儿女的生活,这就是他们为什么死去,并让家人一贫如洗。但是,在他们在世寻欢作乐的日子,他们肯定还可以跟这家石油公司买润滑油吧!这就是这场艾滋病运动的潜在目的。这是个立竿见影、及时受益的机会,所以钱不是问题。"这不是推销产品,而是拯救生命!"乔纳森模仿公司总经理的口吻跟我们说。

卡维塔知道乔纳森在出谋划策方面很在行,就把策划工作交给他来做。她自己忙于寻找资料和后勤工作,乔纳森则全身心地投入这个项目的创意策划。

乔纳森是修图的高手。坐在电脑旁,他用独特新颖的方式将字母、颜色和字体融合一体,设计非常醒目,一下就能吸引你的目光。他现在策划的是大作:一个围绕着"艾滋病"这个单词的图标。这种设计绝无仅有,对此他深信不疑。

"这些本地人不识字,"他说,"但他们读得懂符号的意思,他们靠画面认识所有的东西。这就是为什么艾滋病的英文'AIDS'的'S'用'蛇'来表示,一条恐怖的、血盆大口的爬行动物,尾巴蜷曲在其他的字母上,一定会把他们吓得魂飞魄散。不采取保护措施就乱来,他们一定会对此三思而行。"

乔纳森兴奋不已,每当此时他总是瞪大着双眼,整个人看上去神采飞扬。他已经考虑了所有的事情,是的,所有的事情!这个图案要无处不在、显而易见,在火柴盒上、扑克牌上、钥匙链上、海报上、大幅广告牌上、高速公路的路标上、收费站，甚至在停车票上，下面再配上一行文字："远离艾滋！勿受病毒感染！请务必使用安全套！"他突然想到了这个绝妙的妙计，就把它提交给了石油公司的主管人。他确信这个主意一定会立刻点燃卡维塔·德赛眼中的爱火，他很高兴把最好的留到了最后。"先生们！"他说，"现在，我们打算把图标印在杯垫上，然后把它们分发到红灯区的大小酒吧，这些外来打工的人总是在寻欢作乐之前先去酒吧喝酒。每次举起酒杯，他们都会看到那条大蛇，提醒他们要面对的风险。虽然他们还是会去做他们想做的事，但至少他们会记得戴安全套。"

他的演讲赢得了大家热烈的掌声，卡维塔·德赛对他的钦佩之情也油然而生。会议结束后，她捏了捏他的胳膊，腼腆地对他说："我们一定要庆祝一番！一起去夜总会吧，就我们俩。我很长时间没有出去了，我们去一个不是太高档太花哨的地方好吗？那些地方总是让我觉得很不自在。"

他首先打电话通知了我。"她终于答应了，古西！终于答应了！我觉得自己是世上最幸运的男人！我知道她才是我想找的姑娘。如果有了她，我的生活会大为改观，我过去所有那些他妈的过错和空虚——都会一笔勾销。"

我希望如此，为他祈祷，希望事情能如他所愿。认识他这么多年，我还从未见过乔纳森这么兴奋。

第二天我一直等着他的回话，但没有任何消息，上班的时候我给他打了电话，他在电话上说："现在不方便谈，但晚点可以到詹塔见面。"

詹塔？那是我们最喜欢的城中酒吧！我猜一定是好消息，进展顺利，他不但打开了她的心扉，而且还有了进一步的关系。乔纳森要请客了，我们一定要一醉方休，然后再去会我们的哥儿们。乔纳森不是那种藏得住秘密的人，他的生活就如同维基解密网站一样公开。

酒吧里拥挤不堪，等候的人都排到街上了。幸运的是，我们认识的一个服务生看见我们就帮忙在顶楼——二楼找了个地方，我们就挤在放了垫子的长凳上坐下，点了吃的，然后乔纳森开始谈起了他的约会。

"我们去了林金路上的一家夜总会，里面实际上是空荡荡的，没什么人。我俩喝了点东西，然后一起跳舞，我逗她笑得眼泪汪汪。一切都进展得很顺利，然后我请她出去跟我一起抽大麻烟卷，她也抽了。接下来我们又聊了一会儿，大家的交谈也变得轻松而亲密。我开始跟她调情，她暗示我继续。她说，她肯定我说的所有的这些甜言蜜语都跟我所有的女朋友讲过。我回答说没有什么其他的女朋友，她安排的工作就不可能有机会让这种事情发生。我以为气氛很好，时机合适，所以向她敞开心扉，告诉她她才是我真正想找的女人，她才是我最终的女友。一种滑稽可笑的表情突然出现在她脸上，看得出她很惊讶，还有一点紧张。她定了定神，然后对我说她也喜欢我，非常喜欢我，但是只是朋友之间的那种喜欢。她说她并没有把我当作是那种朋友。让我略感安慰的是，她实际上也不会与任何人成为那种朋友。她坦言她对任何男人都没有感觉，认为他们没有吸引力，对他们也不感兴趣。有时候她怀疑自己是否是性冷淡。不，她并不是同性恋。这也许跟她父亲有关，他是个赌徒，一个人渣，一个爱打老婆的男人。她母亲怀着卡维塔的时候，他就抛弃了她。她妈妈是个沉默寡言的女人，她没有选择，只能忍受被人抛弃，因为她是个文盲，所以她认为自己也不配过什么好日子。她妈妈把自己所有的情感都藏在心里，把自己的遭遇归咎于她的命运和因果报应，但这却让卡维塔心生怨恨，对男人产生了这种不肯原谅的态度。虽然不明显，但却总在那里，而且也不会改变。哪怕在读大学时，她都选择了女子学院。至于她的博士课题，她选择了去乡村，那里男人对女人的剥削是无休无止的，而听了那些女人的故事之后，她更加抗拒男人。她说她只把男人视为需要时的一种物品而已，介入太多只会自寻烦恼。她是不会改变这种观点的，试都不用试，因为她根本就没有兴趣或有动力去改变。她有试过心理治疗吗？没有，她从来就没有觉得有必要去消除这种愤恨，所以有什么必要去改变呢？这就是为什么她自学了社会科学，而且主要做跟女性问题相关的工作，她希望能为她母亲做点什么，她能想明白的就这么多。说到这时她突然哭了起来，一边抽泣一边说对不起，非常对不起！我说我没事，我还能活下去，这也并不影响我们的关系。但她说她伤害了我，是她不好，太无情了。我回答说并不是这样，完全不是这样的，她永远伤害不到我，我坚强如钢，能承受任何苦难、伤痛和沮丧。况且她不是有意这样做的，她并没有欺骗我，为什么要感到内疚呢？但她还是哭哭啼啼，说她有问题，她是她成长环境下的产物，一个冷若冰霜、铁石心肠、麻木不仁的女人，也许她从子宫出来后就是如此，是个心力衰竭的胎儿。然后她突然变得歇斯底里起来，说就是这样的，实际上她是个早已夭折的女人，情感上早已死去、已被扭曲。我根本无法让她停止哭泣。当时的情形真是令人尴尬，非常尴尬，因为大家都在看着我们。这时，隔壁桌一个花花公子模样的男人站起来说：'喂，哥们儿，对你的女人好一点！做人要有良心，知道吗？'听了这话，我简直就想把玻璃杯扔到他脸上，但最终控制住了自己。所以我选择做回以往的我：没有爱情，没有女人。去它的，古希，我就应该坚持我的那套性爱就是一种功能的理论。至少这很容易遵守，至少不会束缚我，让我心烦，而现在我需要一段时间才能从中恢复过来。"

"真遗憾，乔纳森！我不知道该说什么，真的不知道。但你说，会不会是大麻让她身心疲惫导致她这般歇斯底里呢？"

"对，是大麻和酒的原因。她并不适应它们，也不习惯面对她的恐惧。不管是什么原因，这件事告诉了我关于我自己的问题：事实证明，床笫关系更适合我，而不是婚姻关系。这种严肃的东西不是我的选择，根本就不适合我！"

我笑了笑，没想到他已经想到了那么远。谢天谢地，他让自己镇定下来了。乔纳森用他的撒手锏——他的幽默和自我调侃，孩子气的他挣扎着，至少算是努力找回了自我。

一个月之后，我们聚集在巴利山104号，这次是乔纳森提议大家会面的。他在电话上说："哥儿们，你们绝不会相信，但这个国家才是千奇百怪的发源地，她总能让我瞠目结舌。大家聚一聚，我有荒诞离奇的故事讲给你们听。"

大家在客厅就座，每个人身边都放着一杯喝的。他开始讲述自己的经历。

"你们都知道，我做的那个抵抗艾滋病的项目，目标主要是针对的士司机和卡车司机。赞助商们看了我们做的项目后，非常高兴，他们跟在美国的负责人沟通后，得到了一笔可观的资金。他们觉得那个蛇的象征图案是一个世界通用的概念，可以在任何一个国家使用，所以就全力支持我们。我们到市中心后，把图案印在横幅上、广告牌上、海报上、T恤衫上，印在火柴盒上、锁链上、帽子上、扇子上。我们打算免费赠送给的士司机和卡车司机,之后又安排了推广艾滋病认知的活动,让来自收容所的孩子们演出有关艾滋病传播的剧目,邀请电视明星来讨论艾滋病的问题,这时我们推出设计的蛇形图案,你们猜发生了什么事?只见大家纷纷走上前来对它祈祷。对,在祈祷,他妈的!双手合十,低眉垂首。我们简直不敢相信自己的眼睛,赞助商们也不敢相信自己眼睛看到的这一幕。于是我们走上前去问他们知不知道自己在干什么。他们回答说是在对蛇神祈祷。我们忘了在印度有些地方敬奉蛇神,这成了他们完美的膜拜圣物。那一刻,我们看见数百万石油美钞化为乌有,我们的宣传活动也成了泡影。这是一个多么愚蠢的失误!一个天大的失误!对蛇的恐惧其实是在我们的心中,但对这些本地人,蛇是他们的崇拜物,为何要怕它呢?在乡村,这是他们一生与之为伴的东西。

"赞助商们怒不可遏,扬言要起诉我们,在新闻界揭露我们。他们说要关了我们的机构,把我们赶出这个行业。我很想提醒他们,这不是为了商业交易,而是为了挽救生命;当然,我很识趣地紧闭双唇,保持沉默。

"我们听完了赞助商的大叫大嚷,他们说自己像傻瓜一样被愚弄了,十足的傻瓜!他们丢尽了脸面,对我们完全失去了信任。除了想把我们依法处决和活活吊死之外,他们不能接受任何其他的处置方法。

"我得赶紧想出对策,不然很多人会濒于失业的边缘,那些义工和护理人员怎么办?瓦伦怎么办?如果没有了工作,他会怎样想?我的脑海里马上跳出一个词——阉割。

"所以我对卡维塔小声说,她应该解雇我,就在这儿,当着所有赞助商的面,她应该斩钉截铁,直截了当地把责任推卸到我身上。

"她拒绝了,但是我坚持应该这样做。时间紧迫,赞助商们掏出了手机,也许他们就要跟他们的律师、报刊记者们通话了。

"我跟卡维塔说,想想那些性工作者和她们的孩子,我们所做的一切都进展顺利;想想我们开设的各类课程:女孩有美容护理、烹饪、制陶工艺、裁剪和刺绣;大点儿的男孩有电气工作、木匠、管道工程和园艺。每一门课程都是由公司赞助的,任何负面的宣传报道都会令我们丧失资金来源,但卡维塔拒绝解雇我,她只是回答说'不行'。

"这时我已急坏了,在我面前坐着的是一个对商业世界一无所知的女人。当务之急,是需要找一个代人受过者、一个替罪羊,而我——我就是最佳人选,也是唯一的人选。所以我对她说:'我认为你很傻,就跟你妈妈一样。你对败局执迷不悟,也许你就应该被抛弃。既然你拒绝解雇我,那我自己递交辞职书,我退出!'

"然后她走过来,站在我的面前,眼神冷峻而犀利,似乎在说:'没有我的许可,没有任何人可以离开我,没有任何人可以抛弃我,尤其是男人。'我甚至看到她颈部的肌肉都绷起来了,她紧咬着双唇,然后抬起一只手,当着所有赞助商的面掴了我一记耳光。这耳光打得我晕头转向,也重组了我脑中的思绪。该死,她把她一生的仇恨都发泄在那记耳光上了,还有她在母亲肚里、漆黑一片的子宫内积聚的仇恨。那一巴掌,至今还回响在我耳中,痛在我脸上。我嘴里长了三天的溃疡,脸肿了,感觉下巴也脱位了,嘴都难以张开,也吃不了东西。之后她说我最好在她叫人把我扔出去之前赶紧离开,她真的会把我扔出去;而且我不配得到任何东西,不配有薪水,即使是应该得到的。

"知道吗,哥儿们?离开那儿我并没有感觉太糟,如果不出意外,我也许已经治好了她的问题,我也许已经帮她化解了一部分仇恨。当然,我下定决心不再与这种人交往,不会抽大麻还这样扇人耳光。我只是不想冒险,不想拿我的自由去冒险。因为这事我还领悟到:印度自身就如同一个女人,一个令人困惑、高深莫测的女人。不信你就尽管试试,你永远都琢磨不透她。你可以爱她,是的,或因她而沮丧,但你永远都无法完全理解她。"

十一

穆斯塔法·可汗曾经说过:"人类的思想是不断发展的,从来都达不到终极目标,更不用说被理解了。我们在明白自己的使命之前,往往要遭受世间的煎熬。"乔纳森就是这方面最好的例子。他的漂浮不定让他比我们中的任何人都拥有更多的自由,人生的诸多失意使他比我们中的任何人都更加成熟。随着年龄的增长,他提出的问题也越来越大了:"人只活一次,如何在有生之年获得成功?你终有一日要被这个世界遗忘,那坚持不懈、百折不挠、渴望成功还有意义吗?"他会颇为挑衅地看着我们,然后不等我们回答,他又说:"我们需要重新定义成功的概念,对欲望有所控制才不至于被欲望所伤害。我们需要协调好工作和性情的关系,将思想和行动相结合,对自己负责而不是对别人负责,不论结局如何,不要放弃追逐自己的梦想。每个人必须至少有五个行为准则来规范自己,妥善处理好了这些问题，你的生活也就一帆风顺了。"

乔纳森的生活从未一帆风顺，因此可以理解他说话为何这么富有哲理。但是，他最关心的是这个国家的时事，他总是哀叹这个国家的种种弊端：

世界上最贫穷人口的三分之一生活在印度；

印度有三亿五千万的文盲；

印度每天有二亿一千七百万的人挨饿；

六千一百万公斤的粮食在一家食品公司的货仓中腐烂；

印度有五百万的童工；

世界上百分之四十九营养不良的孩子生活在印度；

印度每年有二十万的孩子死于腹泻；

百分之七十五的村庄缺乏基本药物；

百分之六十五的人口无法获得干净的饮用水和卫生设施；

那么政府在做什么呢？法律、革新、监督与平衡的举措又在哪里呢？

甘地是他最爱提及的人物。"今天甘地只活在钞票上，就是在那儿他也被滥用、被亵渎了，他跟着钞票循环在一个贪污腐败的制度中，这是他生前绝对回避的。"

关于尼赫鲁[①]，他认为："他是甘地精神的追随者，甘地

[①] 尼赫鲁（1889—1964），印度开国总理，也是印度在位时间最长的总理，执政于1947—1964年。

也认同这点。谁在乎尼赫鲁是否有外遇？或者他判断上有失误——相信中国，并与俄罗斯结盟。毫无疑问，他的意图是好的，值得信赖。在甘地和尼赫鲁，提拉克①和泰戈尔②之间，以及上百个像他们那样的人，印度是有自己的政治灵魂的。要是比赛政治克隆，我们轻而易举就能击败其他所有国家。"

然后他可以接着说出一连串的人名，这些人继承甘地的重任，走过"真理和非暴力"的艰辛之路，带我们走向自由。是的，他了解他们中的每一个人以及他们的生平：实业家有赛斯·贾纳拉尔·巴贾杰和G.D.比拉；政治家有迪特·莫迪拉尔·尼赫鲁，维索尔巴伊·帕特尔和拉尔·巴哈杜尔·夏斯特里③；锲而不舍者有维诺巴·巴韦④，他辗转于各个州学习各种语言，这样他可以说服富有的农场主放弃他们的土地，捐给那些没有土地的农民；律师有拉贾戈巴拉查理和巴拉巴伊·德赛；人文学科的学者有拉金德拉·普拉萨德博士⑤和毛拉·阿扎德；名医有安萨里医生和哈基姆·阿杰马·可汗先生；具有

---

① 提拉克（1856—1920），印度国大党早期领袖之一，主张通过暴力推翻英国殖民统治。
② 泰戈尔（1861—1941），印度诗人，曾获1913年诺贝尔文学奖。
③ 拉尔·巴哈杜尔·夏斯特里（1904—1966），印度国大党领袖，印度第二任总理，执政于1964—1966年。
④ 维诺巴·巴韦（1895—1982），印度知名修行者，他追随甘地，为对抗英国殖民印度之独立运动的主要支持者之一，曾于1932年入狱，也是甘地的继承人。
⑤ 拉金德拉·普拉萨德（1884—1963），印度的第一任总统，执政于1950—1962年。

伟大精神力量的女性有沙拉金尼·奈都和米拉·贝恩；具有百折不挠意志的男子汉像萨达尔·瓦拉巴伊·帕特尔和可汗·阿卜杜勒·加法·可汗，可汗是住在印度西北边境的阿富汗人，因为他爱好和平，被誉为"边境甘地"。

高中辍学后，乔纳森开始如饥似渴地阅读。父亲卖房后，他把自己的书都留给了乔纳森，所有关于印度独立斗争系列的书籍。通过这些书籍，乔纳森试图了解印度。印度会改变吗？它能摆脱封建社会和种姓制度的枷锁吗？印度会崛起一个勇敢、全新的领导阶层吗？会诞生一种廉洁高效的制度吗？

在晚上聚会即将结束时，总是乔纳森提出这样深远的问题：

可以把我们的历史重写，让我们为当初的独立斗争而自豪吗？我们可以超越时代和重大事件吗？换句话说，抛开书本，如何更深地理解是什么塑造了印度？还有，年轻人在历史的哪个阶段可以真正为我们的国家感到骄傲呢？只有明白这些才能挽救我们国家，才能重整我们所缺的民族大团结。

按他的说法，所有的邦政府都应该解散和废除。各大邦都是地方主义的中心、卑鄙政治的中心，它们应该归属于一个强有力的中央政府。中央政府机构设有顾问委员会和审查委员会来检查各邦的工作。各邦理应只是单纯的行政管理部门，这样我们就可以摆脱地方主义、贪污受贿和各邦部长们的官僚主义干涉。在这点上,听起来似乎不太实际,但却令人深思。

酒越喝越多,我们的观点和讨论也变得越来越沉重。某一天,我们的话题有:政治上的疲软问题、迟来的公正问题、持续上升的侵害妇女儿童的犯罪率、持续增长的危害环境的犯罪率和违反印度宪法的犯罪率——我们的话题可以严肃到这种程度!先有阿约迪亚寺庙争端①、博帕尔事件②、古吉拉特暴乱③、南迪格莱姆暴力④,然后是2G频谱案⑤、3G频谱案、阿达什房屋协会骗局⑥、英联邦运动会骗局⑦、"煤炭门"丑闻⑧和萨蒂扬软件公司的巨额造假事件。我们这个时代的悲剧和丑闻,如此频繁地出现,大家的精神都要崩溃了!如果没有政权的庇护,如果没有对腐败的纵容,怎么可能有这些事情发生

---

① 发生在印度古城阿约提亚的印度教与穆斯林之间的宗教冲突,问题根缘由来已久。
② 博帕尔是印度中部城市,1984年12月3日在此发生了历史上最严重的工业化学事故。
③ 古吉拉特是位于印度最西部的邦,2002年2月27日至3月9日在此发生了印度教与穆斯林教之间的暴乱。
④ 2007年3月14日,印度政府为征用南迪格莱姆(位于西孟加拉邦)的土地与当地农民发生的暴乱冲突。
⑤ 2012年发生的由印度国会联合政府下的政界人士和政府官员的约400亿美元的骗局。
⑥ 2010年11月印度被爆出的住房丑闻。当地政府以用于战争寡妇和国防部军人的名义在孟买建造的优质高层住宅,但却被与战争毫无关系的官僚和政治家贪污。
⑦ 2010年印度新德里英联邦运动会的丑闻,其中包括组委会官员严重腐败、主要运动会场馆建设延误和基础设施欠妥等。
⑧ 2012年印度爆发的"煤炭门"丑闻,其核心是政府的不透明分配,人脉广泛的商人和政客借此获得了开采未开采煤田的权力。

呢？但是谁知道呢？也许我们试图为自己的失败寻找借口；也许我们试图在相互怨恨中找到一丝安慰；也许我们都是不合群者，在最终认定我们因不符合社会既有的成功标准而被社会抛弃之前，我们试图拒绝所有的一切。但这没关系，我们要有眼光，敢于藐视世俗，敢于直抒己见。正如他们所说，剩下的就是生活，有无你我，它都会继续。而我们呢？我们都是马戏团外被禁止入内的偷窥者，马戏团那令人恍惚、忽明忽暗的灯光自行按生活的节奏演变着。姑且称它为印度的双重性——印度的黑暗和发展。我们比同龄人更煞费苦心地观察这两个方面，即使在百无聊赖之际，我们也感受到那些在社会发展的竞争中被遗弃的百姓的痛苦。那些遭到视而不见、不予理睬的，被抛弃的，还有背井离乡的百姓！他们，就是那些隐形人！

我们有权这样认为，绝对有权力！我们对失败的艺术家深表同情，为失落的一代义愤填膺。身负这种重担，带着这份庄重、冷静的心情，我们等着乔纳森，乔纳森·科希，我们那被驱逐出家园的朋友。

十二

门外传来了电动三轮车马达的嗡嗡声,随后声音逐渐减弱,最后变成了一阵突突声。蓝色大门一阵吱吱作响后,被推开了一半,然后我们就看见了他——我们的老朋友,乔纳森。他费力地把他的袋子提进来,一个又大又软的咖啡色袋子,两只狗见到他都兴奋地狂叫起来。他走进来,挂着拐杖,吃力地抬起那条打着石膏的腿,跨过门槛。一边跨一边皱着眉头,整个人趴在拐杖上。他费力地挤出笑脸,看见两只狗都朝他奔来;他直起了身,狗在他那巨大、白色的水泥柱般的腿前停下来。他让它们把自己上下舔了个遍,两只狗都伸长了粉红色的舌头,口水直流。乔纳森一边挠着狗仰起的颈脖,一边说:"嘿,利阿,哈布希!见到你们真高兴,伙计们!我想你们多过想那边的那帮家伙!"

他几乎连看都不看我们一眼。典型的乔纳森，经过多年的磨炼，用假装出来的漠不关心和冷漠掩盖了一颗深厚的关爱之心。乔纳森，一个童心未泯的家伙，难道我们不了解你吗？！但这是怎么回事？为什么用拐杖？你没对普拉肖特提过用拐杖的事，也许说过了？我们抬头看着我们的剧作家，试图从他那儿找到答案。他写了那么多不同构思的剧本，全都是让人悲伤的关于社会阴暗面的故事。没有人想把他的剧本拍成影片，因为它们不够有趣。要趣味？还是要生活？普拉肖特可以写那类的书，但他也可以用现实、真人轶事和生活体验将这些幻想撕个粉碎。

普拉肖特的叙事小说不是那种供人消遣或令人愉悦的类型，他的故事都是现实主义的，围绕重大的社会问题：比如童工的处境和被虐儿童，被困境逼迫自杀的农民，在狱中受尽煎熬的候审者，学习过度繁重被迫自杀的学生，被勒死和活埋的新生女婴，被强奸和裸体游行的低种姓妇女。

在普拉肖特看来，电影院的作用是要揭露真相，犹如火炬，给社会以启迪。他有自己跟踪那些社会重大问题的方法：他会消失在乡村多日，从那回来后，他会变得忧心忡忡、心烦意乱。他不见任何人，不与任何人说话，只是坐在他的电脑旁，凝视着窗外。不发呆时，他一定会埋头在电脑旁努力工作。或者干脆就陷入一种不省人事的状态，有三次他喝得酩酊大醉，被送去过康复中心两次。有一次，他同意接受治疗，可三次治疗后他就溜走了，因为"那个他妈的傻瓜治疗师"问了他同样的问题两次。

一次，他妻子发现他把身体伸在炉灶上方，双眼紧闭微笑着。事发时她打电话给乔纳森，他对普拉肖特说："如果你一定要自杀，那就在村子里自杀，跳进河里漂走就是了，不要回来！为什么要我们为你的葬礼、洗礼仪式而烦恼呢？还要出动警察？"普拉肖特听后感到很惭愧，向他道歉。实际上，无论是他的不幸还是其他人的不幸，在乔纳森的生机与活力面前，都不再痛苦了。

现在，我们的朋友回来了，腿受伤了而且看起来疲惫不堪，两鬓已见白发，脸上疖疮爆出，胡子上沾满了尘土，嘴唇上方布满了汗珠。这是被打败了的乔纳森，拄着拐杖，站在我们面前，吃力地拍着狗。

我们都站在门口：普拉肖特、德鲁夫、安瓦尔、安瓦尔的妻子——尼娜，她对乔纳森热情地微笑着。

尼娜的笑容带着许多疑问，绽放在她黝黑、消瘦的脸上，散发着善良、关爱和优雅。我们的女主人这时说话了："乔纳森，发生什么事了？你的腿怎么摔断的？感觉疼吗？难受吗？"

"先不谈这些！"他回答说，突然显出一份略带羞涩的尊严。

尼娜接着说:"我现在给你换房,给你安排一个一楼的房间。我之前跟你准备好的房间在二楼,二楼尽头的那间屋,可以俯瞰整个山丘。我们已经不用那层楼了,你原本可以尽情享受自己的空间——和美景的!"

"太棒了!"乔纳森说,"我肯定能爬上去,我习惯远眺绿地。谢天谢地,巴利山还是跟以前一样。"

"并非如此,"安瓦尔一边说,一边帮忙去拎乔纳森的袋子,"等你看完了周边再说。你会发现很多地方都在施工,他们在拆除旧的建筑,要建带有4-6层停车场的高楼大厦。"

"疯了!"乔纳森说,"哪有那么多的路呢?你们难道不打算抗议?不打算递交请愿书吗?"

"嘿!别和他提这事。"尼娜说。她了解丈夫发起火来有多厉害。安瓦尔四处奔波,抗议日益扩张的商业主义,抗议那泛滥成灾却被视为发展进步的投机主义。出生于璀璨夺目的宝莱坞世界,安瓦尔开始认识到:生活远比商业电影的情节复杂多了。在真实的宝莱坞世界,人们的工作日程与常人有所不同,这就给人带来了错觉,助长了幻想,滋生了贪婪。他痛恨他自小成长的环境正在经历的变化;他痛恨地产业、零售业和股市的繁荣。在他看来,它们都是资本主义为诱骗毫无戒心的民众而设下的阴谋。他对宝莱坞也感到越来越失望,因为生活中不是每件事都可以简化成歌舞,不能如此脱离现实。在他看来，印度内陆正在经历的变化才是真实的：自然资源被肆无忌惮地开采和部落土著被边缘化。每当河流被拦截筑坝，每当水坝筑高导致数千人背井离乡，每当森林部落被驱逐而被迫迁入都市时，他都怒火中烧。

土地肆意霸占的问题备受他的关注，他通晓全国各地的土地发展状态：南迪格莱姆和辛格乌尔，这些地方的村民因为坚守他们的一方寸土而倒在了枪弹下；北方邦①的农田被占用，借口是为了建一条高速公路，之后却转手卖给发展商赚取了一笔巨额利润；还有孟买的贫民窟改造项目，免费送给建筑商；还有游乐场和公园被政客侵占；还有市立学校租给私人团体，他们却在这些公立学校开办私立学前班和私立国际学校。所有这些都令他愤愤不平，令他疯狂。他说他现在什么电影也没拍，因为他感觉身边发生的事情没有一件是对的。在他可以拍出与社会息息相关的影片之前，在他可以把现实展示给大众让人深思之前，他不打算急于行事。在这之前，他只想做个在外围静观的电影制作人，一个政见异议者、探索者，一个有良知、有主见的人。作为个人抗议的一部分，他不愿与宝莱坞合作，即使这意味着放弃了他先父移交给他的重任。他认为，他的贡献在于不予贡献，在于干脆远离谎言。但电影界并不这样

---

① 处于印度北部，与尼泊尔接壤。人口逾2亿，是世界人口最多的行政区。

看，大家都在议论、窃窃私语,"安瓦尔把他的天分都用哪儿去了?""穆斯塔法·可汗的传奇就后继无人了吗?""他的天赋也随他父亲一起消亡了吗?"

安瓦尔明白他们眼中的困惑,他觉得很可笑。难道除了那些令人眼花缭乱的成功因素,就没有其他衡量个人成功的标准吗?名利和浮华,吹捧和炒作,还有票房的成功,操控它们真是轻而易举,就像炖一锅浓郁可口的好汤一样。但这一套都是有潜规则的,有很多花招。需要巨资制作、故事的巧妙安排和跌宕起伏,画面和音响的运用技巧;还有,在影片正式公演之前,精心安排、周密策划各种绯闻和个人的传奇故事,这样就能引起众人的关注。那些行业术语也让他觉得可笑,看看他们是怎样剥夺我们的人性的,他说,我们都被简称为收视率和票房。难道他们看不出我们所缺的是理解的深度,需要挖掘更广泛、更丰富的情感吗?在这点上,安瓦尔和普拉肖特看法一致,但不同于我们只写艺术片和纪录片的剧作家,安瓦尔想把他的思想传给千千万万的民众。他梦寐以求的是民众的觉醒、意识的改变和态度的转变,但他还是很明智,知道这种想法不切实际。并不是观众不具备欣赏这种影片的能力,而是电影制作的过程不允许他这样做。时代变了,观众的鉴赏力也变了。五六十年代应该还可行,到了七十年代,也还可能,那时印度独立后的理想主义在这国家仍旧盛行。从这个意义上来说,他的父亲是幸运的。他拥有更多的乐于接受新思想的观众，他们是思考——阅读——感受的一代，他们志向远大、寻求变革、思考"人性"而非"自我"，但现在这种看法已经不存在了，大家也没有兴趣了，而且现行体制也不鼓励这样。谁愿在经济繁荣的期间去探讨为什么贫民窟还扩大了？穷人们被迫流离失所后都去哪儿了？为什么他们要背井离乡涌向城市？有人不希望他们再待那里，这个人就是现行体制，就是这个掌控土地和水资源，然后把它们给予大公司的现行体制。他们利用这些资源创造财富，让富人更加富有，让穷人自行灭绝。这样最终会转移到娱乐界，就像那些大公司需要洗脱自己的罪恶负担。剥夺之后，再享受；强奸之后，再忏悔。让百姓一笑了之，然后忘却。安瓦尔洞悉这所有的一切，这让他满腔愤怒！

尼娜知道他的感受总是非常强烈，她最不愿意看到的就是他去抗议巴利山的重新开发。不，安瓦尔不能再承受对他身体有害的东西，不能再多一个令他失眠的烦恼。除此之外，他还会因此得罪那些建筑商、政客和官僚们；他必须对抗席卷全城的投机主义的浪潮。建房、建房、建房！房子建得越高，房价就会越高。这些利害关系过于重大，不容反对！对渺小的个人而言，这任务过于艰巨。义愤填膺的安瓦尔实际上是个谦卑之人，他采用的都是君子所为的反击方式。

这时他开口对乔纳森说："别傻了！你不可能爬楼梯的，

就在一楼住几天,过一两个星期后,你感觉好了,再搬上去。"

"我不是瘸子。"乔纳森斩钉截铁地回答。

"没人说你是。"德鲁夫微笑着说,向乔纳森伸出一只手。乔纳森顺势说:"对,要善待受害者。"

"看来那帮打手真的对你下了重手,是吗?"安瓦尔说,"我还以为你跟他们处得不错呢!"

"什么打手?"尼娜问,显得有点紧张,她对乔纳森与黑帮的冲突全然不知。

安瓦尔简明扼要地跟她概述了一下,她接着说:"感谢上帝!你摆脱了那可怕的关系,乔纳森,那个女演员就不是什么好人,否则她就不会以这种方式结束你们的关系。"

"是的。尽管我和她曾经关系还不错,但幸好这都已成为过去了。"

他一瘸一拐地走到大门入口,在门口停住脚步,欣赏着巴利山104号熟悉而优美的环境。他拒绝了德鲁夫的帮助,自己挣扎着爬上了入口的台阶。突然转过头,很严肃地对安瓦尔说:"永远不要卖这地方,永远别卖!这里不仅是你的家,也是我们的家!"

"我从来没说过这里就是我的家。"安瓦尔回答,颇为幽默地微笑着。

德鲁夫扯住猎犬,它们正对乔纳森受伤的那条腿嗅来嗅去。

乔纳森艰难地往屋里挪。"这里吗?"他一边问尼娜,一边用拐杖指着第一间卧房。

"对!"她一边说,一边好客地推开房门。她的眼睛很快审视了一番,床铺好了,床单也换了,一切都井然有序。

乔纳森坐在了床上。"我真是精疲力尽了,"他说,"这是我最后一次坐火车旅行了。整列火车是一团糟,上洗手间真是折磨人的一件事。"

"你应该早跟我说,我就可以跟你安排机票。"安瓦尔温和地说道。

"哪里有时间?事情发生得太突然了,那个该死的政客,他把我当罪犯一样赶出来了。"

尼娜说她会把水、毛巾和肥皂送过来给乔纳森,但他得等会儿才会有热水,因为煤气热水器有一段时间没有用过了。

乔纳森回答说没关系,等的时间他刚好可以休息一下。他问尼娜他是否可以借一把剪刀给他,她说她一会儿就送过来。

现在轮到我说话了。我忧心忡忡地问他:"你能自己应对吗,乔纳森?没问题吧?"对此他回应说:"我一直都没问题,对不对?自从你认识我那天起。"

看到他这么疲惫,我们就先离开了。大家回到客厅,各自都倒了杯喝的。诱人的香味从厨房里飘出来,是毕希姆在忙着把阿米·可汗的菜谱变成佳肴。从尼娜那里我们学会了什么叫烹饪：诸如加拉瓦蒂烤肉串、拉合尔炖羊肉、鱿鱼烧鸡肉、汉迪浅锅炒米饭、可汗风味红烧扁豆，还有印度馅饼。啊，那些馅饼！我们都能想象出那些热乎乎、新鲜出炉、里面包着碎末鸡肉的馅饼。

尼娜离开客厅去了厨房，安瓦尔叫她提醒毕希姆炒一些辣椒，没有辣椒安瓦尔就吃不下饭菜的。

安瓦尔在喝啤酒，他说他要慢慢喝，免得尼娜担心这十有八九又会成为一场马拉松式的狂饮。

普拉肖特在喝伏特加，正在抱怨他的一部纪录片剧本的资金短缺问题。他说如果再有别的不顺，他真的要自杀了。安瓦尔立刻回答说这不是什么不顺，只不过是因为在印度根本就没有纪录片的市场，普拉肖特必须要认识到这点，他需要考虑其他的出路——比如说宝莱坞。在那里，他的才华也许可以找到出路和表现的机会。普拉肖特说他宁可死去，也不愿意那样做。那会是对他才华的蹂躏，对他作品的毁灭。安瓦尔说他明白，但还有其他的选择吗？实际上还有什么选择吗？但是我能明白普拉肖特为什么会那样说，他想要保留和坚守的是他的创作自由。他有权按故事的真实情况来写作，没有粉饰和删节，没有小说中的夸张和扭曲。

德鲁夫喝青柠檬泡水。他遵循某种宗教的斋戒原则，希望借机暂不喝酒，以前一直想戒酒却未能做到。可怜的德鲁夫！作为一个优秀的戏剧演员，为了生存，为了名气，无奈被困在了宝莱坞的圈子。他说，如果剧院有报酬，他绝不会在宝莱坞玷污自己的天赋，绝不会演他以前做过的角色：打手、随从那类人物。

我是一如既往地呷着朗姆酒，琢磨着我的书是否有出版的希望。

一个文学作品经纪人找到我，她偶然读到了我写的一个故事，于是打电话说她很乐意跟我签约，条件是我同意把这个故事改编成长篇小说。她说，你的故事中有合适的人物，一个上流社会的女人。你应该知道百分之八十的读者其实都是女性。你的故事主题不错：她的丈夫欺骗了她，所以她怒火万丈，因为任何有自尊的女人都会这样。现在，协议是这样的，她说，把这个主人公放在一个可以吸引出版商注意力的环境中，把她写在孟买水灾中，让她跋涉一段自我觉醒的旅途，确保她通过他人的苦难找到自我：比如说溺水、死亡、婴儿的诞生什么的。她降低了签约的价位，暗示这样可以和两个出版社签约，她说："飓风桑迪和卡特里娜对大家造成了严重的破坏，在人们心中仍然记忆犹新，所以你的故事应该附和这些主题，一定会有销路。第一本书的出版很重要，我希望你能明白。"我跟她说我会考虑考虑再给她答复，这大概是一个星期前的事了。

我喝得越多，在温暖、舒适的皮沙发里就陷得越深。在这里，我不用担心什么坐姿合适与否。这沙发一直适应我的体型和体重，这么多年来都始终如一，就像我的朋友们，我们之间有充分的空间可以去争执、去辩论、去反驳，但我们永远都是朋友，不用小心谨慎担心得罪他人，不用担心是否在正确的方向下迈出了正确的一步。我想，第二天我会给那个经纪人一个委婉的答复，我应该说什么呢？啊！当然，我会这样说："谢谢您，女士！但是不用了，谢谢！我步入文坛从不是为了去迎合，去附和，去盲从或是去出卖自己。"

考虑到我写书的过程已长达六年之久，要说出这番话真不容易。写书的本身就是一个故事，它包含了现实生活中所有的戏剧和冲突，奋斗和牺牲的悲剧。一路走来我总在想：我明白为什么作家可以进入天堂，因为他们在人间经历了地狱！当然这也体现在我身上，所以在拒绝经纪人的提议之前，我应该好好考虑。但是，没有比出卖自己更快的死亡，没有比投机取巧、迎合世俗心态更快的死亡。我听说过这类抉择和安排，但从不知道有一天我会面对这样的选择。不管是何种方式，每个人的思想和灵魂都会在某个时刻离开身体。我认为如果没有了灵魂，就没有选择的自由、拒绝的自由，那将没有了诚实，也没有了成长。从某种意义上说，这是乔纳森成功理论的体现：工作和个性相协调；思想和行动相结合；忠于你自己，永远忠于你自己。所以现在我明白了，比任何时候都明白，为什么我们是朋友，为什么命运让我们大家聚在一起。

我的思绪又飘回了他的房间、他的身上，也许他因为不能把自己收拾整洁而感到沮丧。他很讲卫生，这哥儿们！一天三次盆浴，时常换衣服，这就是为什么坐火车旅行对他就如同噩梦，但到目前为止他待在卧房里已超过一小时了。也许是因为受他的腿的束缚，也许他摔倒了。我的心头涌起一阵不祥之兆，这感觉慢慢地变得越来越强烈。

"我们最好看看他怎样了，你们认为呢？"我对他们说。

普拉肖特点点头，但待在原地不动。看得出来，他在沉思。

德鲁夫一跃而起，"我去。"他说，带着那种滴酒不沾者的轻盈步态。

安瓦尔看上去神情忧郁，说："我想我们最好从利拉瓦蒂医院叫个医生来检查一下乔纳森，确保他的骨折情况不严重。"

"谁很严重？那是你们这些人的问题，你们活得太认真了！"

究竟怎么回事？乔纳森腿上的石膏不见了！只见他把自己收拾得干净整洁，一头卷发向后梳着，笑意挂在他那剃得光溜溜的脸上。乔纳森身穿一件T恤衫和及膝短裤，跟他的肚子相比，两腿显得颇为瘦弱，一条腿看上去比另一条苍白，原因是那条腿上过石膏。

"嘿!"德鲁夫喊道,"你这鬼把戏太可恶了!"

"没什么好玩的,乔纳森!"普拉肖特冷冷地说。

"我从没说这把戏好玩,"他沉着地回答普拉肖特,然后对安瓦尔说,"迟一点我还是换到顶楼的房间,我喜欢独处。但是,先让我给自己拿杯喝的。"他走到吧台,蹲下来查看喝的东西。

"格兰·莫兰茨威士忌放在右边的最底层,"安瓦尔在一旁帮忙开口,"我给你留着了。"我们的男主人看上去一脸的迷茫,乔纳森究竟为什么要耍这种把戏呢?

乔纳森一边嗅着打开的酒,一边说:"没有什么东西可以像这十八年的好酒一样可以洗去你的创伤。"他在玻璃杯里放了一把冰块,然后倒上那珍贵的琼浆玉液。

第一口浅酌后,他叹了口气,第二第三口他就开始大口喝了。他站在吧台边喝完了第一杯,接着又给自己倒上第二杯。

"你在喀拉拉有找到工作吗,乔纳森?"我问他,急于要引开大家对他耍把戏的注意力。

"我也想啊!"他说,"我曾经向跟教育有关的公司申请工作。他们为学校的孩子创建教育内容,超过上万家学校是他们的客户。我很喜欢这家机构——他们有可观的资金来源,相当的技术水准和成功的团队。我真希望加入他们,而且其实几乎就成了，只怪他们的那个傻瓜 CEO，一个叫 O. T. 拉维的家伙，称他自己是奥姆尼全能科技的拉维。"

"全能科技的拉维！不会吧，真是这样？他怎么了，乔纳森？他对你怎么了？"

"噢，他喜欢我所有的想法，特别是制作有关电影明星的动画片来教育孩子这个想法。你们都记得这事，对吗？上次来这儿旅行我跟你们谈过的，用动画片制作明星教育孩子们的不同主题。比如说，教孩子们某个阶段的历史，或者讲解某个发现是如何改变人们的生活，这比任何教科书或任何老师教育孩子都有更深的影响。令人快乐的东西总是记忆深刻，就像喜剧和动画片的效果一样。"

我们当然记得，这是他那高深莫测的头脑里闪现的另一个妙计。上次他去孟买，试图把这想法推销给大公司、学校、计算机公司和制作工作室，他们都表现出极大的兴趣，但都没有下文。乔纳森四处推销他的想法，一个星期又一个星期，一个月又一个月，一年过去了，他感到厌烦了，然后放弃了。他可以怎样呢？还有什么选择吗？他是个天才，但如果他不能带回家丰厚的薪水能怎样？如果他没有名气、没有优异的学习成绩、没有经济后盾又能怎样？他的想法可以惊天动地，是时候有人该认识到这点了。

"对，这想法很好，乔纳森！"我连忙插嘴说，"但在喀拉拉怎么样了？既然奥姆尼全能科技对你的想法非常赞赏，为什么你没有得到那份工作呢？"

"是这样的。面试之后，奥姆尼问我想要什么样的职位？当我问他的职位是什么时，他说他是公司的执行总裁兼总经理。'哦！'我问，'为什么你要两个职位呢？给我一个，随便哪个都行。'

"他以为我在开玩笑，显然我并不是开玩笑，我没打算接受比这两个更低的职位。如果我可以给公司带来巨变，如果我能为公司带来源源不断的利润，为什么我要去接受一个低职位呢？！看他迷惑不解，我跟他说，我对自己要求的职位是认真的，我跟他必须是平起平坐的关系，这也是唯一可行的方法。这时，他开始大喊大叫，他称我是厚颜无耻的混蛋，野心勃勃，贪得无厌。他真的被激怒了，我可以看出他开始变得狂躁不安起来。我告诉他，他这是占地为王的行为，这样不利于公司的健康发展。他必须接纳他人、接纳其他的想法。抱这种态度，你迟早会完蛋的，我对他说。我当然是想帮他，但他却站在我面前对我大喊大叫，让我火冒三丈。我跟他说，赶快把这两个职位塞到他的屁眼里，挂在他的两个蛋蛋上。他气疯了，开始锤着办公桌对我大喊大叫，让我趁他尚未做鲁莽之举之前赶快滚蛋！我跟他说，他加入这家公司就是鲁莽之举，他就是那个带公司走下坡路的人。"

乔纳森为我们重演了当时的情景，看见他怒不可遏的表情，我们都忍俊不禁。这才是真正的乔纳森，典型的乔纳森。我们可以想象他如何满腔热情地阐明自己的想法，但一旦触及到职业礼仪问题，他就把事情搞砸了！

他接着说："谁愿意跟这种恶心的家伙来往？我跟你说，他是一个十足的自大狂。我认为我让自己避免了犯大错。我的想法只有在有远见的人、有思想的人、有领导才能的人的手中才能成功，而不是在这种心胸狭隘和装腔作势的小人手中。"

我们都很认同，乔纳森的未来全依赖于他的各种点子，这是毫无疑问的；而且，他能让这些点子听起来切实可行，不论是在理论上、用途上、规模上还是范围上。我们都很清楚他对教育的热爱源于他的母亲，对历史的热爱源于他的父亲。

德鲁夫说："乔纳森，我在什么地方读到过，喀拉拉是世界上唯一有家庭主妇协会的地方。是真的吗？"

"可能吧！在老家，妇女很受尊重，至少在我住的社区，大家公认世界上最难做的工作就是做家庭主妇：她们一天也歇不下来，必须要做饭、打扫，一年365天让这套体系运转。这种思想的解放源于为自由斗争做贡献的巾帼英豪们。"

"女性自由斗士？有哪些人呢？"普拉肖特饶有兴趣地问道。

"尽管在喀拉拉邦外鲜有人知，但她们也有几个出名的，这里面有安妮·马斯卡林,她来自一个落后的拉丁基督教区,作为该邦国大党唯一的女性,她忍受着来自该党派的巨大的敌意;伊丽莎白·库鲁维拉,她和她的丈夫一起进行了为期七天的火车旅行来反抗政府对喀拉拉邦国大党的禁令,最后她被逮捕入狱;还有阿卡玛·谢里安,她是戈德亚姆市的一名女校长,她放弃教育参加自由斗争。他们使出浑身解数来恐吓她,后来投她入狱,把她跟杀人犯关在一起,但她也没有屈服。她的遭遇最终引起了甘地的关注,他在《不可触犯》的周刊中写文章对此进行谴责。"

"这都可以拍成电影了,"普拉肖特充满激情地说,"这可以改变我们以为马拉雅利女性只能做护士和老师的观念。"

"嘿,老师怎么了?我妈妈就是老师。"乔纳森说。普拉肖特回答说:"哦,我并不是这个意思,乔纳森。你明白我是指什么。马拉雅利的女性往往只是得到同一类型的工作,因为我们很少在其他的行业看见她们。"

为避免任何争执,我赶紧发问:"你妈妈怎样了,乔纳森?还在迪拜吗?你父亲呢?在德里吗?还有山姆——他现在在哪儿?他过得怎样?"

"如果你想我把家里人逐个道来,那我需要为自己再倒一杯喝的。"

我们都起身走向吧台,除了安瓦尔,他说他想休息一下。这就是喝啤酒的问题,一下就把你撑饱了,让你觉得肚子发胀。

"对,别喝啤酒了!"乔纳森说,"喝点度数高的,别让自己遭罪!"

"不行,如果尼娜发现我下午喝烈性酒,我就有麻烦了。你了解做妻子的,我不想让她觉得是你——乔纳森,把我拖下水的。"

我们都点头赞同,这种约束是必要的,是可以让婚姻继续的那类约束。

大家的酒杯加满酒后,乔纳森说:"先从我父亲说起吧。你们都知道,他跟比他小很多岁的那个女人结婚了,几乎是他年龄的一半。她叫普丽蒂,我爸是完完全全地爱上了她,他的眼里只有她。就像妈妈说的,当爸爸跟普丽蒂在一起时,时光似乎都倒流了。他总是开怀大笑,眼睛永远是熠熠生辉,妈妈以前从没见过他这样,这就是她为什么如此坦然地退出了。

"就这样,爸爸和这个女人,他们在德里安顿下来,住在拉杰帕特一所漂亮的小屋。房子维护得很好,虽不大但很舒适。普丽蒂特别喜欢古式窗框,她把莫卧儿[①]和拉杰普特[②]时代

---

① 莫卧儿帝国(1526—1858),又称莫卧儿王朝,是成吉思汗和帖木儿的后裔,自阿富汗南下入侵印度建立的王朝。
② 拉杰普特王朝(647—1192),拉杰普特原意为"王族后裔",其王公是个富于尚武从文精神的封建统治阶层。

的微型画装在窗上，然后再把窗镶回墙上，整体效果非常好，朴实无华但都是真迹原作。爸爸称普丽蒂是橱柜设计师，他很乐意把屋里的家具任她布置。可以看得出，他们很协调，趣味相投，两人都特别喜欢读书，喜欢舞台剧和爵士乐。我有点怀疑他们也一起抽大麻烟卷，不是大麻叶做的而是大麻树脂做的那种。他们俩都喝很多咖啡。

"在德里，爸爸没有固定工作，他从事自由创作。他说他已经受够了那种一成不变的乏味工作，他希望自己可以把握写作时间，而且只写他相信的东西。他创办了一个专栏——《无糖派》，他在专栏中评论那些由名流、政治家、学者、实业家和官僚主义者写的书，无情地抨击他们。他可以做到这些，是因为他对所有的事实了如指掌。他对历史和政治倒背如流，所以他能让他们恼羞成怒。后来他说他正在酝酿写一本书，是非小说的严肃题材，书名叫《精英体制：一个新印度的崛起》。虽然他还没有开始，但他知道要朝哪个方向写。他说，精英体制是印度唯一可行的路。他已经看见了媒体的这种变化，更加积极主动、充满激情地挑选故事和丑闻，而且我们也在社会的其他方面看到了这种变化：比如长途电话亭被手机淘汰；电话服务中心的员工返校学习；空勤服务人员开始光顾健身房和美容中心；卖槟榔叶的小店变成了手机专卖店和网络充值店，这一切都是大家在各取所长，各尽所能。据他所说，民主主义已经过时了,现在一切都是精英领导体制,一切都是为了书写每个人自己的成功故事。

"虽然爸爸对自己个人生活抱着虚无主义的态度,但他对印度的前景非常乐观。他认为印度最终会由中产阶级来统治,如果你为他们创建了一份振奋人心的工作,一个有方向性的结构体系来治理国家,就会用途广泛,大受欢迎。他的书中运用大量的案例分析,他认为这本书应该成为一种参考书目,有可能成为中学的必修科目。"

"爸爸跟我说,如果初稿写好了,他希望我是第一个读者。是我,而不是山姆。他知道我会及时读稿,然后给他坦诚的、有价值的意见反馈。山姆总是无暇顾及这些,他现在在美国,去那儿很多年了,住在密歇根州,跟一个比他大五岁的女孩结了婚。她叫拉提法·库伦,人不错但缺乏思想,偶尔有点专横。她不工作,很富有,但不会自以为是。她是一个印度文化狂,庆祝每一个印度节日,只在印度店买东西,读印度杂志和印度报纸,看每一部宝莱坞电影的首映。

"她有一个如同墨西哥人式的大家庭!叔叔、阿姨、叔公、姨婆,还有二十几个表亲,她称他们哥哥弟弟、姐姐妹妹。他们大多都住在这里——孟买,但他们每年都会去拜访山姆一次。令人不可思议的是他们的关系亲密无间,大家团结得如同一个部落。当他们在一起时,不需要任何外人。他们并不在乎自己外围世界发生的一切,他们自为一体又互为一体。

"我以为山姆会讨厌这些。他是个孤僻的人,喜欢独处,但是奇怪的是,他接受命运的这种安排。他喜欢他们来看他,因为他们善良、慷慨、风趣又富有爱心。我想在某种程度上,他们给了他从未有过的家庭生活。

"对了,拉提法在之前的婚姻中有个儿子,男孩的名字叫尼基尔,他们称他尼克。这孩子小的时候有点问题,他恨他妈妈。他从冰箱拿了食物,一顿狼吞虎咽,然后在盒子里撒尿再把它们放回去。他烧他妈妈的信件,在她的拖鞋上涂胶水,把洗发水倒进她的电吹风,在她的漱口水中撒辣椒末。那孩子——真是个令人头痛的小家伙!有几次他打电话给警察,说他妈妈威胁要把他扔进尿盆,把他放进烤箱。还有一次,他跟邻居说他看见他妈妈跟收垃圾的接吻,他从他的卧房里看见了他们,那个男人戴一顶帽子,身穿粗布工作服,而他妈妈坐在垃圾桶上,双腿绕在他身上。没人知道他这种想法是从哪里来的,他总爱编故事,看自己能把故事编得多离奇。后来山姆出现了,他也来自一个破碎的家庭;不知何故,他俩一触即合。我不知道尼克是被山姆吓着了,还是他感觉到山姆内心深处相似的忧伤。不管是什么,他开始听山姆的话,对山姆言听计从,问题就这样不知不觉地迎刃而解了。

"拉提法的家庭热情地欢迎山姆。对他们而言,他就是一个英雄。婚礼在喀拉拉举行，他们定了拉迪森酒店，位于库玛拉孔①的湖水回流处。我真希望哥儿们你们能看见庆祝仪式。婚礼是在一艘船屋上举行的，那是冬季的一个阳光明媚的早上，船屋装饰一新，阳光在水面翩翩起舞，白鹭伫立在漂浮的枯枝上，山姆和拉提法交换了戒指，所有的人，包括牧师，都喝得酩酊大醉。"

"拉提法的家支付了所有的婚礼费用，另外还给了山姆一笔慷慨的现金作为礼金，这让他非常感动。他不但可以付清自己读书的贷款，还可以继续学习。我的那个兄弟，他是个聪明人！记忆力好得如同海绵，读过的书都过目不忘，拿学位就像有些家伙泡妞那样不费力气。这就是他用亲家的钱做的事情，他让自己接受良好的教育，然后得到一个高职位。工作五年后，他开始创立自己的公司。这时，他想到了一个绝妙的商机，给水电、能源和电信行业提供审计服务。美国的每一个州几乎都是他的客户，显然，这些州没有他都不行，因为他是技术和金融这两个领域的能手，结果他为他们省了很多钱，所以最终他也赚了大笔钱，一年超过五十万美金。买了漂亮的大房子，拥有三辆车，家里有一个游泳池、一个网球场、一个壁球场、一个供他种有机蔬菜的花园。他一周打两次网球，每天打

---

① 印度最有名的旅游胜地之一，位于喀拉拉邦，以其回水旅游而闻名。它坐落在喀拉拉邦最大的湖泊文伯纳德湖旁。

壁球，周末打高尔夫。去阿尔卑斯山和加勒比海度假，每两年去一次法国南部。据我所知，他在汉普顿①买了一套房子，超过百年历史，花费一百四十万美元。我们一年只收到两次他的来信——一次在复活节，一次在圣诞节。他还没有邀请过我们去他家，但这是预料中的事，他不愿重温我们童年时代的记忆。我能看出老山姆试图抹去那些记忆，我能想象他与他的新家庭沐浴在爱意和真情中，把他们当作好像是他唯一的亲人。

"可以——没有问题，那是他的选择，我想，我并不因此而抱怨他。谈回到我老爸，他的婚姻开始出现了问题。我不知道是什么导致的，但那女孩似乎对爸爸失去了兴趣。她突然对他产生了厌恶感，开始觉得他浪费了她的青春。她说她想退出，这让爸爸快发疯了。起初，他恳求她。他问她他能否弥补什么，改变什么。我能明白他为什么这么孤注一掷，因为这是他一生中唯一一次真正的好运。他纵容她，把她当作孩子一样，但她很自私——她利用他为自己在新闻界树立名气。作为坦布·科希的妻子给了她立竿见影的可信度，为她进入印度社会的'奶油层'②打开了通道。她很精明，保留自己婚前的姓氏，但在她所有的专栏中的名字尾端加上'科希'的姓。

"周末，她就周旋在演员、模特、政界人士、商人、募捐

---

① 位于美国纽约长岛，是名流富豪的夏季别墅区。
② 印度政治中使用的术语，是指"落后阶层"中那些思想相对进步、受过良好教育的人。

者、官僚和达官显贵之间。可笑的是，爸爸从来都不与这种圈子的人来往，他讨厌社交活动。当他不知不觉地适应了婚姻的日常生活、打理房子和写专栏时，她却在忙于从事自己的事业和建立关系。然后有一天，她跟他说一切都结束了，她仔细考虑过，觉得她已受够了。爸爸看见生活似乎又一次在身后狠狠地给了他当头一棒，只是这一次他年纪大了又不曾防备。

"他告诉她，没有她他活不下去。她错了，这只是一个过渡阶段，都会过去的。哪一段婚姻没有经历过疲劳期？他说。但她很清楚，她前面还有二十年的青春时光，她不想浪费。她不想耗费她最后的时光去鞭打一匹死马。对，她就是这么说的。婚姻只是一具僵尸，早已死了，恶臭让她忍无可忍。

"她离开了他，说她会自己搬出去，她不想赶他出去，对这些记忆她希望一刀两断。

"就这样只剩爸爸孤单一人，他开始酗酒。工作上开始出错，分配给他的任务也做得不尽人意。朋友们试图劝告他，他却侮辱他们，奚落他们，问他们对爱了解多少？他们又目睹经历了多少？朋友们也就开始远离他。实际上，是他的一个朋友打电话告诉我们这些的，他叫基拉潘·奈尔。他与爸爸在大学时就认识了，两人曾一起抽过大麻，曾一起因参加大学的罢课活动而被逮捕。在那些风云突变的日子，他们被雇为政治活动的鼓动者。在他们参加工作之前，他俩就已经是这行业的能手了。基拉潘·奈尔保证他会帮爸爸渡过这个阶段，但重要的是，在重大悲剧发生之前，我们要尽快过来。基拉潘·奈尔还告诉我们，普丽蒂的生活里的确是另有一个男人。他很年轻，三十来岁，是个沉默寡言、神情庄重的家伙，缺乏创造力，但为人真诚、稳重，说话轻柔细语。他与普丽蒂在同一家报社工作，在市场营销部，戴眼镜，头发稀疏，穿着考究，讨人喜欢，总是面带微笑，大家也都对他报以微笑。他总是用充满爱意的眼神仰视普丽蒂。

"爸爸听说这家伙后，暴跳如雷，他说要打电话威胁他。在他看来，就是这个毛小子腐蚀了她的灵魂，鬼知道他用什么虚情假意偷走了她的心。

"爸爸不停地恳求普丽蒂回来，不停地提醒她他们一起走过的日子。难道他不够温柔、不够体贴吗？难道他没有好好照顾她，满足她所有的需求吗？难道他没有为她放弃所有吗？他的家庭、他的城市？难道他没有给她舒适的生活吗？当她羽翼丰满可以展现自我时，难道他不够大度和信任吗？那么，有什么必要她这样做呢？把这一切统统都抛弃！他苦苦央求但无济于事。之后，她干脆就不再接他的电话了。

"然后，有一天她的律师给爸爸送来了离婚协议书。一起送来的还有一封客套式信函，说是由于不可调和的差异，由于无法挽回的破裂婚姻，他们最好是开始各自的新生活。

"开始新的生活？爸爸不同意。他开始跟踪她，到超市，到购物中心，到她出差的地方，到郊外。他开始到她上班的地方找她，在她上班的接待处等她，直到她跟他说话才肯离开。"

"有一次，他砸碎了接待处所有的玻璃窗，威胁说要从窗口跳下去。她的上司不得不向警方起诉他，他们很不情愿但照做了。爸爸在他那个时代是个传奇人物，生活使他沦落到这种地步，真是令人悲哀！

"有一天，他跟踪普丽蒂和她男朋友，他看见他俩进了一家卖行李箱的商店。天知道他脑子里想什么了，但他慌了，认为她要出国去结婚。第二天，他破门闯入普丽蒂的新家，偷走了她的护照，还撕碎了所有她男朋友的照片，并在上面撒尿。

"之前警察都对他很宽容，他们只是警告他就放他走了，但现在他们直言相告，他必须远离他的妻子和她男友，否则他们就把事情记录在案。更糟糕的是，他们会把他公布为不良市民并驱逐出这个城市。

"有一天，妈妈突然给我电话，她说她从迪拜打电话给爸爸，发现他说话含糊不清。他说，命中注定他在这世上是孤独一人，所以他是生是死都无所谓。他说，他很抱歉辜负了她，并恳求她不要把他想得太坏。他还说，他知道他也毁了我们的生活，但是他生来就是命运多舛。他一生中从未遇见真正的幸福——除了那一个特殊的阶段，但他刚刚已从那个梦中醒来了。与其这样堕入地狱般的悲惨境地，还不如干脆做个简单的了断。

"妈妈吓坏了，她问我是否可以马上飞到德里去。我很矛盾，因为我刚认识玛杜什丽，身材高挑优雅的玛丝①，一个很有抱负的女演员。她演过戏剧，在一部泰米尔影片中演过配角，她希望能在一部马拉雅拉姆影片中有突破。我们对电影都有相似的品位，都喜欢 T. V. 钱德兰、I. V. 萨西和杰亚拉杰的影片；我们都喜欢约翰逊、孟买·拉维和伊拉亚拉贾的音乐。我们也都热衷于卡纳塔克邦的电影制作人，吉里什·卡萨瓦利的作品，而且我们俩之间有种强烈的吸引力，总是难舍难分。当然，她比我年轻，也就二十四岁，但年龄什么时候成过问题呢？

"总之，我正在考虑如何拍摄一个关于我们湖泊的旅游节目，我打算把玛丝表现为喀拉拉的'飘逸的面孔'。当妈妈打电话给我时，我想，麻烦了！我最好在爸爸对自己做出什么事之前赶到那里。"

"我没那么多钱买机票，所以妈妈汇了一部分机票款，我靠这笔汇款飞到了德里。

"我发现爸爸比我想象的状况还要糟：酩酊大醉，身体虚弱，还发着烧。他已经两天没吃东西，也没洗澡。公寓里乱

---

① 玛杜什丽的昵称。

七八糟：成堆的报纸、满地的烟头；脏衣服堆得遍地都是，粘着呕吐物的毛巾变得硬邦邦；冰箱里的食物在腐烂变质，桌上都是食品污渍；蚂蚁和蟑螂在屋里快乐地自由穿梭爬行。爸爸已经神志不清了，他喋喋不休地说着要如何把那个夺走他妻子的家伙杀了。没有她，生活是多么毫无意义和价值！如果她不回到他身边，他要如何自杀！半夜，他会突然醒来，大喊大叫，在黑暗中与想象的恶棍搏斗，或埋在枕头掩面哭泣。我伸手抚摸着他的头，湿乎乎、冷冰冰。抚摸着他有一种奇怪的感觉，因为我们并不是那一类的家庭：我们的感情从不外露。当我抚摸他时，他就沉默了。我说不清他是因为尴尬还是出于反对。

"有时毫无预兆，爸爸会突然失声痛哭，眼泪混着鼻涕一起流到胡子里。我看着他，在想：他看上去老了，真的老了！而这都是因为那个该死的女人，那个长着毒蛇般眼睛的吸血鬼！不管怎样，我把他收拾干净，然后安慰他，试着用我的方式让他把话说出来。但这却让他变得非常沮丧，他说也许最好的方法是让他死了算了。如果我没有在那儿，如果我没有时刻留意他，带他去看心理医生接受治疗，也许他早就那样做了。

"心理医生给他开了很强的抗抑郁药物，这药让他感觉很虚弱，严重脱水，所以我得妥善安排他的饮食，为他做好饭菜，确保他吃得健康，多喝果汁、蔬菜汁来补充身体的水分。

照顾他的感觉很奇怪,我觉得自己在爱恨交加中徘徊。有时我有一种局外人的感觉,不知道我在那里干什么;但有时又百感交集,非常感激有这个让我照顾他的机会。

"妈妈那时就如同一座城堡!她每天从迪拜打电话询问最新情况,不等我开口问她,每星期都会汇钱过来。我也跟山姆通过话,他主动提议为爸爸支付部分费用,但强调说我要先把账单扫描后寄给他,只有收到账单后他才会付钱。我知道他为何有这种想法,我能感觉到他对我的不信任。他觉得我会用他的钱来满足我个人的爱好,所以我跟他说见鬼去吧!'别惹我,兄弟!'我说,'你还嫩着呢!'他马上退缩了,对我变得极其冷漠,因为我似乎是伤了他的自尊,我早看透了他。

"距离首次离婚庭审的日子越来越近了,爸爸的情绪陷入极度消沉的状态。他停止服药,把药片藏在舌头下,然后在我转身的刹那,再把它们吐出来。这事发生很长一段时间后我才知道。我只觉察到他的一些征兆:比如双手时常颤抖;话说一半就不知不觉地走神了,然后瞪着空中发呆;他还会在反常的时间睡觉,醒来后又感觉精疲力尽。"

"一次,我在紧要关头刚好看见他爬到一把椅子上,正试着把自己的颈脖套进一根挂在吊扇的绳子上。被我阻止之后,他变得狂躁不安,说我无权干涉。我火速把他送到精神病诊所救治,那时才知道他停止了服药。因为我们不想让普丽蒂的律师知道他的状况,所以对他住院就医之事非常谨慎。在她的起诉书中,她要求赔偿损失费、生活费还有赡养费。她还声称自己受到心理虐待并留下了创伤,扬言她有被虐待的证据:一份由她的雇主向警署提交的起诉;她的同事出具的目击者陈词;家中被砸的照片;还有一份从肆意捣毁其男友照片上收集的尿液检测报告。

"是的,她已经准备好要将爸爸洗劫一空,把他慢慢折磨而死,让他大出血而死。当然,我们可以针对抛弃和婚外情反诉,我们的律师告诉我们,一个叫潘卡基·格罗弗的年轻人。他说他有一个做侦探的朋友,可以很快就证明他们有罪。他对爸爸说,如果你乐意,我们会让她难逃罪证。爸爸听后立即对他说:'如果你敢这样做,我就杀了你!我说真格的!我会亲手杀了你!普丽蒂决定离开我的那天,我就一无所有了。她可以拥有她想要的一切,无论如何,我拥有的一切都是她的。钱财是身外之物。不要计较她的报复行为,这只是她一时的冲动,所有这些都不会改变我,什么也不会,除了她离开我。'然后潘卡基·格罗弗极其恼怒地看着我说:'科希先生,他这种态度,我怎么去打这个官司?'

"在法庭上,爸爸用爱慕的眼光凝视着普丽蒂。他坐在那里,一脸茫然,一手抱胸,一手抚弄着他的胡须。不时地发出短促的笑声,如同尖叫。当普丽蒂的律师,一个名叫安嘉丽·班萨尔的女人要呈诉其辩词时，他笑着看着她说：'嘿，我说，你就喜欢这样，对不对？你相信自己编造的谎言，把谎言搅到法院来，这样其他人就会相信你了？当你知道自己彻底地摧毁他人的生活时，不知你如何面对镜子中的自己？'当法官要阻止爸爸时，他恭恭敬敬地站起来说：'法官大人，我认罪！是的，我是该受指责的人，请把我判回这不幸的婚姻作为惩罚。'听审结束后，他对普丽蒂说：'回来吧，亲爱的！请你回来吧！不管发生什么，我的一切都是你的，一切都可给你，但是回到我的身边吧！'

"看到他这样，真是很可悲！这让他的律师火冒三丈，也让我怒不可遏。当我扬言要离开他时，他看了看我，然后说：'什么阻止你这样做了？如果你要走，今天你就可以走，我独自一人活得更好。'然后他笑了，是那种令人心寒的微笑。接着他又笑着说：'你受不了我了，对吗？没人可以忍受我，除了她！'

"法官是个和蔼可亲的人，快退休了。如果不是在法庭上，从他个人的角度，他也许会表达自己的同情心，但他很坚定地判爸爸败诉，理由很充分。爸爸必须付普丽蒂三百万卢比作为一次性协议和解费，外加一百五十万卢比作为赔偿金；没有赡养费，每个月没有生活费，但他不可以再见她。如果他不遵守，就会被拘捕或被驱逐出这个城市。

"听到这儿,爸爸失声痛哭起来,像孩子一样又踢又蹬,喊着:'不,请别这样!我不反对离婚协议,但不要阻止我见她。她就是我的空气,我的生命。不能这么早就结束婚姻,不能就这样结束。请给我一次机会,就一次机会。'然后我们都看着普丽蒂,她的脸上洋溢着那种胜利的喜悦,达到目标后的那种狂喜。我知道那是什么——一种不人道的东西,一种精心策划又道德败坏的东西。

"我强压怒火,在庭外走到她面前,对她说:'嘿,你这婊子!知道吗?正派的女人不会要和解费,婊子才会!'然后不等看她的表情变化,我就走开了,但我很清楚我的话无疑会给她当头一棒。突然间,我觉得自己做得很得体,瞬间长大了;没料到我的眼泪如洪水一般涌了出来。这是受伤的眼泪,是赤裸裸的悲伤的眼泪,是目睹我自己的骨肉陷入穷困潦倒境地的眼泪。眼泪挡住了我的视线,让我无法呼吸。当我领着他——一个悲痛欲绝、憔悴不堪的老人——走出法院那漫长的拱形走廊时,我感觉我才是自己爸爸的爸爸。"

乔纳森此时深吸了一口气,接着说:"哥儿们,我们可不可以休息一下再来一杯酒?让我们都来一杯烈性酒,好不好?接下来发生的事情肯定会吓坏你们。"他伸了伸他那粗短、光滑的双腿,活动活动露在拖鞋外的脚趾。然后,猛地从椅子上站起来,向吧台走去。

酒杯倒满酒后，我们重新回到自己的座位上。安瓦尔来到吧台加入了我们的行列，用乔纳森的话说他也'升级了'，但我们都笑不出来。乔纳森故事的碎片扎痛了我们，他把自己破镜般的生活高举在空中让我们来看，来体会。

客厅外，午后的太阳如火如荼，炙热的阳光试图穿越玻璃和窗帘，但被挡在窗外扩散开了，只留下了一片苍白的光芒。

乔纳森接着继续讲下去："那一整天我都跟爸爸在一起，没有让他单独一人待着。我们先去了一家书店挑了几本杂志，然后去了集市，我在那儿买了一些面包、鸡蛋和蔬菜。晚上我问他是否想出去吃饭，他说他不饿。我自己也很累，为协议和解费的问题犯愁。我不知道爸爸是否有那笔钱，就算他有，在付完和解费之后还剩多少呢？

"我很快地做了个烤意粉做晚餐，但他几乎没有碰，我没有强迫他。他看上去很疲惫，如同背负着一个实实在在的重担，挣扎在痛苦中。我给了他药，确定他吃了，然后看他上了床。他有睡前读书的习惯，要读至少一小时，然后书放在胸前就睡着了。那天晚上，我没有看见他的门缝里透出夜灯的光，我想，这样也好，他一定是精疲力尽了，能休息对他来说再好不过了。

"我自己看了一会儿电视，然后上床睡觉。我肯定是太疲惫了，倒头就睡着了，陷入深深的睡眠中。大约是午夜前后，我从这深层睡眠中醒来,因为我想我听见了砰砰的撞击声。

"刚开始我以为那是我梦中听到的声音,听起来有点距离。之后我以为是来自上面的邻居,从楼上传来的。我从床上坐起来,一边与席卷脑海的阵阵睡意挣扎,一边试着把注意力放在声音上。

"但是,不对。那声音,那规律的砰砰声,毫无疑问来自我们公寓。也许有盗贼,我想。

"我走到客厅,为自己找了件东西做武器。爸爸的房间一片漆黑,没有必要打扰他,我这么想,紧张不安地走向过道,那时我才意识到那砰砰的响声是来自厨房。

"盗贼是不可能从厨房进来的,厨房的窗都装上了很粗的铁栅栏。我感觉自己胆大了一点,朝厨房的门走去,然后推开了门。眼前出现的是令我难以置信的一幕,直到今天这一幕还时常纠缠折磨我。"

稍加停顿,他举起酒杯,很快连呷了三小口。他那矮墩墩的身体打了一个冷战,如同一道微光闪过,转瞬即逝,但我们都不约而同地注意到了。然后,他接着说下去。

"在我眼前的是我爸爸,他就在那儿,坐在摇椅上,面对着门,在他身后是厨房的台面,中间装了一个洗碗盆的硬质花岗岩台面。爸爸满脸是血,血从他的太阳穴和脸颊流下来,浸透了他的衬衣。他面带微笑,就在我站在那儿吓得呆若木鸡的时候,他脚一用力,摇椅猛地一倒,他的头砰的一声撞在花岗岩上。近在咫尺,那声响真是惊心动魄,最可怕的是他面带微笑,半闭着眼,嘴里还在喃喃自语。'为了你,普丽蒂!'他说,'为了我给你带来的所有的痛苦!'

"过了好一会儿我才明白发生了什么事。他喝了一大杯威士忌,然后吞下了一包安眠药。他的后脑勺已撞得血肉模糊,前额也是。他肯定是先撞前额的,因为那儿已有几处开裂了。当我把摇椅拖开时,他试图阻拦我,想抓住我的手,但却一头栽倒在我的手臂上。

"摇椅的背部布满了血,看见他流了那么多血,我吓坏了。这就是我自己的血啊,我在想。看见血流成那样,真是令人毛骨悚然,我感觉自己都要吐了。

"我打电话叫了救护车,把他送到医院,医务人员都很好。他们没有例行公事坚持要警署报告——根据我说的情况,他们直接把他送进医院救治。当然,我特意跟他们说了真相:这个人,他失去了他的一切宝贵的东西;今天他刚被剥夺了生活的意义。

"在医院,他们给他做了CT扫描和磁共振,叫了外科医生帮他缝合伤口。医院要求要给他输六瓶血,我必须要去献血,因为他的血型跟我的完全一样:A+。他们说爸爸要在重症监护中心观察几天。我茫然不知所措,只知道自己同意了他们所说的一切，他们放在我面前的所有文件我都签了字。

"坐在重症监护中心的外面，我无法睡觉，所以决定用手机给妈妈打电话。我得告诉她法院的判决、和解费和刚发生的紧急情况。她很忙，但还是接了我的电话，我从未听到妈妈在电话上这么生气，她把普丽蒂大骂一通。这么跟你说吧，如果她的咒语只有十分之一可以兑现，那个女人也必死无疑！妈妈突然冷静下来，对我说：'乔乔，我的孩子，我就回来，回印度。告诉爸爸不用担心，他一直都是个好人。他不能给我们爱——也许他就不知道如何给予爱。作为家庭的一员，他对我们没有任何的怨恨。在你的教育培养方面，他从来没有反对过我的任何决定；为了你的教育，他不惜一切代价；当我想跟着感觉走时，他从未阻拦过我；他明白我的追求，从未反对我，甚至没说一句怨言或给我白眼。相反，他希望我快乐，我可以这么说。他唯一的过错就是，他追求幸福却走错了路，就像我们所有人有时也犯同样的错。当我们意识到错时已经太迟了，我们错过了那个转弯口，没有看到路上有个坑。爸爸醒来后，请告诉他不要担心，我有很多钱。在这里，我一直都在存钱。现在我已经厌烦了赚钱，厌烦了一人远离在外，我想回家了。我在考虑在喀拉拉做点事情，也许办学或开餐厅，但现在也许可以考虑在德里。等我过来，帮你爸结清跟那个女人的账，让你爸重新站起来。'

"那一刻，我突然感觉有种东西，我不知道具体是什么，但我分明感觉到了一股涌遍全身的力量和动力。这股强劲的力量好像是给我赋予了新的生命，给我注入了新的血液。我感觉我心中的那堵围墙倒了，那些年来一直紧锁在我心头的郁结也都化解了。我深深地感受到一种绝对的安全感，来到了一个近乎完美的世界。猛然间，我感觉自己属于某个秘密的圈子，也许，这是我有生以来第一次感觉自己有个家。

"那天晚上，我睡在'重症监护中心'外面的板凳上，但是被各种不同的警报声吵醒。救护小组到来，抬着担架、拿着吊瓶和监测器；如同坟墓般的大门惊慌失措地忽开忽关，令人惶恐不安。这种地方，你知道死神总是随时光临，随时恭候。我终于睡着了，在梦中我和山姆又成了孩子，都在做自己的功课——学校布置我们完成一幅画。画完之后，我拿去给妈妈看，山姆也拿去了。妈妈看了两幅画之后，突然对我笑了，抚弄着我的头发说画得好，的确很好，一个家就应该看着是这样。接着她看山姆的画，批评他画得不好。当我试图偷看他的那张纸时，他突然把画从妈妈的手中抢走，藏在他的身后，因为他不想让我看到他画了什么，然后我就醒了。我明白为什么我们两个同时出现在梦中，山姆——是我父母最喜欢的孩子，家中的天才！而我，一个无用之才，苟且偷生，但我并没有感觉自己太糟，有些重要的东西我还没有得到，但这不再让我烦恼。事实是（我突然恍然大悟）：是我，毫不犹豫地飞到了德里；是我，在离婚法庭等候，听完诉讼程序；是我，火速把父亲送到医院，为他的生命和尊严祈祷；是我，徘徊在重症监护室外，几天几夜没有合眼；是我的血补给了我父亲失去的血，那满满的六瓶血！对一个必须靠自己长大而且要找到自我生存方式的家伙来说，这应该值得自豪，应该为我去天堂多赢得几分，其他的事就让他们滚蛋吧！

"一星期后，妈妈回来了。自从山姆的婚礼后，我就没见过她了。她看上去很不同，很开心，而且穿着时尚得体，几乎让我对她感觉有点不好意思。妈妈开始用我熟悉的唠叨的口吻责怪爸爸，这种感觉很好但很怪异，我知道我必须赶快离开这里了，我得让他们重新开始以往的关系。这关系可能在婚姻方面不曾见效，但作为一个高效率的团队曾很有用。就在那儿，在她的身边站着基拉潘·奈尔，古道热肠、乐于助人、忠心耿耿的基拉潘，他跟爸爸在大学时一起抽过大麻，一起讨论过马克思、恩格斯和尼采，梦想过变革，实际上是很多变革。看得出基拉潘·奈尔和妈妈之间发生了一些事情，他们的关系看上去虽然有点不同寻常，但这也没有什么错，历史似乎又在循环。开始顺利，接下来也就顺了，对结局我们拭目以待。

"爸爸一回到家，妈妈就全面接管了。她做的第一件事，就是扔掉了所有的那些老式窗框和原画，购进了大型的冰箱和炉灶，装上了带有鲜艳印花图案的窗帘，摆上她随身带来的一大堆雕花玻璃品，突然，这地方就变成了一个家！一个宽敞、亲切又熟悉的家！然后，她与爸爸开始讨论那本书——爸爸的书——妈妈感到非常兴奋，她说这正是年轻人所需要的，她可以帮爸爸搜集资料和安排版面设计，在迪拜她一直都为她的监护人做这些，帮他们学校的项目收集数据，并在电脑上把这些数据格式化。

"听到妈妈这么说，爸爸也变得很激动，跟她共同探讨，很快起草了大纲。现在他们的关系建立在不同的层次上：她，是一个爱对学生提问的严师；他，是一个初出茅庐的写作新手，试图在一个充满责任、充满挑战的世界踏出一条自己的路。

"突然，我感觉自己像个局外人，我感觉是时候回到喀拉拉，回到玛丝的身边。这几个星期我就没想过她，但是，这段时间我一直忙碌不堪。不过，说真的，我走后的两个星期，她也没打过电话，这就让我明白了是怎么回事。我的一个表亲发短信说，他在一家夜总会看见她正在讨好一个与她同龄的小伙子，所以我想事情就是这样的，朝夕共处时，两人关系都不错，但是一旦分开，也就慢慢淡化了。青春和阅历：让各自得到对方所给予的就各奔前程吧！坐在重症监护中心的外面，我的鼻孔里充满了死亡的气息，一个念头突然闪现在我的脑海：

如果生命如此脆弱，恋情又何尝不是呢？"

他停了下来，大家都陷入了深深的沉默。我们正在思索着他这段语重心长的告白时，尼娜进来说午餐准备好了。

快到下午5点了，我们喝得醉醺醺的，已经饿坏了，也有点被乔纳森的经历所震撼。

看到他腿上的石膏没了，尼娜顿时喜形于色。她说："你骗了我们，乔纳森，搞得我们为你担心，但我很高兴看到你没事。我想你现在想要顶楼的那间房，我最好还是去把房间收拾好。"说完她就走开了，头像小狗一样不停地摇着。

毕希姆端着菜走进来，笑容满面，心怀感激之情，因为安瓦尔先生的朋友们都在这儿，所有熟悉的老面孔都在这儿！太太的菜谱会因受他们的赞赏而流传开来。

乔纳森一边走向餐桌，一边说："哥儿们，过来一下，好吗？就一会儿，我要给你们看点东西。"他推开卧房的门，指着床说："看，这是我从喀拉拉带来的东西，藏在石膏里了。"

只见床上堆满了一包包的大麻，成排成排地堆放着，每一包都鼓鼓囊囊的。这些大麻足够让一个摇滚音乐会的所有观众飘飘欲仙。只见石膏成了碎片，锯齿般的白色外壳面朝上被扔在床上。

然后乔纳森接着说："那两个打手必须要跟他们的老板——那个政客，交出他们完成任务后的证据。要把我痛打一顿，然后用手机拍照片作为证据。我们抽了几支大麻烟后，突然想到了这个主意，把我的腿打上膏。在打石膏时，我在想，为什么不借这个机会带些大麻过来呢？事实上，我屯了一大堆货。用这方法带货是再安全不过了，而且，我还可以一路编造自己断腿的故事，享受火车的全程卧铺。我向你们道歉，但是，正如你们知道的，我是有正当的理由才这么做的，我可以出手赚一大笔钱。"

安瓦尔第一个开口说话，他语气很坚定，但还是颇为冷静。"我并不想要坏你的事，但你必须尽快出手这些货。如果尼娜看见，我就完了。再说，孩子们在学校学过有关毒品的危害，我不想让她们看到这些东西。"

"放心，"乔纳森说，"我没打算把你的家变成毒品窝，你应该了解我，我不会做那种事。我已经把一切都安排好了，这笔交易会在一两天内就完成。我有一个绝妙的新点子，为此我需要资金来启动，几十万卢比就可以开始运作，而这顿'盛宴'可以让我实现目标。"说完他关上卧房的门，然后向餐桌走去。

安瓦尔的脸紧绷着，我们的主人太客气了，他不想闹出什么不愉快，但他对出现的新情况显然很不高兴，我们能看出他很担心尼娜会知道。他的妻子爱好运动，不反对我们喝任何东西，不会对我们待得太晚、吃得太迟而大惊小怪，或发现我们在那里——她的沙发上，睡到大中午才起来而斤斤计较。她接受所有的这一切，甚至比这些还要多，更多。当我们坐在一起喝酒，陷入无休止的讨论时，尼娜从没指望安瓦尔履行他作为父亲的任何职责：比如带姑娘们去上游泳课，或上数学辅导课，或参加戏剧表演课，她承担这所有的一切。此外，她还要抽时间浇花、喂狗、安排仆人的工作、安排日常饮食，还要照顾她自己的父母。他们都上了年纪，住在离这儿几公里外的圣克鲁斯。但是这件事，他就有点逼人太甚了，把做贤妻良母当作理所当然。尼娜虽然不是那种对偶尔抽大麻就嗤之以鼻的人，但在家里存上几公斤的大麻就完全是另外一回事了。

德鲁夫皱着眉头对乔纳森说："也许你可以把那些东西搬到我家，也许你可以在那儿做交易。"

"嘿，哥儿们！难道这是什么大问题吗？就几天的时间。我以往的哥儿们都怎么了？他们都丧失了勇气了？都变得胆怯了？我离开后他们都变老了？"

那个好战的孩子又冒出来了，"防御工事"也展开了，不是什么令人愉快的感觉，也不是一个好开头。我们坐在桌子旁，等待着他慷慨激昂的时刻。

他接着说："别让我为这事感到内疚，哥儿们！我只是不想依赖任何人来资助我。设身处地想想这些年我所经历的，上次我几乎成了酒鬼，我不想再经历那种事。这次我不要任何人来帮忙,也不巴结任何有权势的人。再说,我要卖的也不是高纯度毒品,上帝,这只是大麻而已!"

"如果这些货不在这里,我会安心多了。"安瓦尔态度坚决地说,双手合十放在面前,坚定的目光意味着他并不赞同。

"好吧,如果你这么顾虑重重,"乔纳森说,"那我接受德鲁夫的提议,我们明天就把货搬走。"

"那问题就解决了,"德鲁夫高兴地说,"我给你我衣柜的钥匙,乔纳森,你可以把那堆货锁在我的储物柜里,那里很安全。"

安瓦尔一脸的紧张消失了。有一会儿,他看上去若有所思,好像有什么话要说。其实,他并不是顾虑重重,只是小心谨慎,因为考虑到这个时代和两个女儿正在成长的问题。这时,他心情突然好转,兴高采烈地说:"乔纳森,趁着毕希姆去拿薄饼,跟我们说说你的新点子。"

"对,讲给我们听听,乔纳森。"我们都一起附和着,紧张的时刻随即烟消云散,谈论他的想法就是最好的庆祝方法。

"好啊,"乔纳森眉开眼笑地说着,"我是这样想的。你看那些退休的老人,他们多数都很健康,六七十岁,头脑清晰、腿脚灵活,但他们都干吗了?早上,喝茶、看报,然后去银行;下午,睡觉;晚上,出去散步,或坐在公园里说长道短,抱怨以前的生活是多么美好,现在变得这么堕落和凄惨!

我以为，这样无疑是让大脑变得迟钝了。当你只是得过且过，不再憧憬美好，死神也就开始涉足，生活也就日趋恶化。所以我想：让这些人工作怎么样？让他们自食其力怎么样？他们很多人在自己的行业都非常有才干，无论来自哪个行业，他们都有许多年的工作经验。无论是医生、律师、银行家或会计师，他们都有处理不同情况和解决不同问题的经验，就算是公务员也是如此。所以我想：为什么不让他们有所作为，在商业上有所作为呢？然后我想到了这样一个点子：建一个网站，让他们可以免费注册，网站名就叫'人生之桥'。一旦他们在网站注册了，任何人都可以向他们咨询，他们可以就此收费。像这样的想法，可以重新定义老年的概念，可以改变人们对年纪的看法。年轻人可以受益于老年人，老年人又能感觉有所作为。阅历和青春：前者是总能有所贡献，后者是事事都可受益。"

他看着我们，脸上的表情也变得柔和了，眼睛渴望着我们的赞许。

我第一个做出反应。"我喜欢这个点子，乔纳森！"我说，"到目前为止这是你最好的点子，无疑也是最实用的！"我感觉自己一阵颤抖，不是因为激动，而是因为我意识到，也许乔纳森的青春已逝，这不是我们年轻时认识的那只无拘无束的海鸟，他是在用自己人生的阅历表达心声。乔纳森代表年老者说话，为年老者而说话。显然，他正在为一个亟需的事业努力奋斗。

"我也是这样想的,"他有点害羞地说,"在火车上我想到这主意。在我那节车厢上有几个老人,互相是朋友,就像我们一样,出门旅游。我在听他们谈论,发现他们真是见多识广。他们似乎对任何事情都有解决方法:贪污腐败、贫穷落后、城市移民、人口的过度密集和社区的分离问题。他们很清楚自己在谈论什么,因为他们头脑清晰、充满激情,在他们身上,我看见三十年后的我们。"

普拉肖特笑了。"所以你在努力帮我们实现未来的价值,努力帮我们在变老之前做好准备,这就是你要说的,对不对,乔纳森?"

"对,对!而且我会是那个照顾你们大家的人。我的点子可以帮你们,可以让你们有钱买吃的喝的和帮忙支付医疗费用。"他说。

在一旁睁大着眼、聚精会神的安瓦尔终于开口了,他说:"我喜欢这点子,乔纳森,真的很喜欢。我认为这点子很有发展前途,所以我愿意对它投资。迄今为止,我还没有跟人推荐过你的任何其他点子,坦白地说,因为我从来就不明白它们有什么用,至少不是像你看的那样。再说,我太过忙于自己的生活,承受着向宝莱坞和自己证明自我能力的压力。但现在我走出来了,做回了我自己。我意识到一味地向自己证明某种东西真是大可不必，真是过于肤浅。虽然我可以用一部电影就创造不同的凡响，虽然我可以说服人们远离消费主义、机会主义，但所有这一切都在困扰着今天的印度，所有这一切都在诱惑着今天的印度。但是这想法，这个想法很重要，也很有必要，它可以超越时代。想象一下你用这种观念做的事情：建立在线讨论和互助小组，组建指导老师群体，建立施压团体迫使政府采取行动，哪怕只能在本地做到。建立在需求和经验的供应基础上，人们可以找到各自的需要，所以我认为人生之桥不仅仅是条服务热线，也是一种生活的方式。是的，我支持你的这个想法，我愿意尽我所能提供资金上的帮助。我还会跟拉克什·普里谈这件事。你见过他，他以前跟我一起在印度理工学院学习，后来在沃顿商学院学习管理专业，他很适合做这件事。他知道如何孵化创业，他知道如何创业和守业。"

"你是认真的，对不对？"乔纳森问，声音中带着颤抖。他很了解安瓦尔，知道他不会信口开河。

"非常认真！"安瓦尔说，"最近我的一位老叔父去世了，就几个月前的事。他是我父亲的堂兄，跟父亲关系很好，活了七十五岁，一直单身，是个很优秀的律师，年轻时就做得很成功。在他有生之年，他帮过很多人，帮他们起步创业，资助他们的家庭、他们的婚姻、他们孩子的教育、他们孩子的婚姻。他帮助他们渡过难关，借钱给人，却忘了要他们还款。但是我目睹了年老和孤独对他造成的影响,让他很不快乐,让他很痛苦!他感到痛苦,因为那些他曾伸手援助的人已把他遗忘。他生病时,他们连一个电话问候也没有。所以我认为,乔纳森,你的这个理念非常好,给大家指出了一条有自我尊严的出路,让人们可以一直前行直到最后。但是在我跟拉克什谈这事之前,我要请你帮个忙,不要把任何做大麻交易的钱投资到这里面,让我们用干净合法的钱来做这件事,用纯净的活力来投入这个项目。"

"我很乐意这样!"乔纳森说,"既然你不需要我做交易的钱,那我就把它留作我的个人存货,能吸上好几个月呢!"

"还有另一件事。"安瓦尔表情严肃地说,"不可以在工作时吸大麻!人生之桥不接受瘾君子,尤其是执行总裁和总经理这样的人物。"

乔纳森看上去很惊讶,面露愠怒,近乎是痛苦的表情。他说:"当然,你不会指望我来干活,对吧?我已经给了你点子了,现在你来处理好了。我做公司的董事,得我应得的报酬。当然,你可以给我一笔定金,一笔数目可观的定金,那就最好不过了!"

我们都笑了,开怀大笑起来,因为我们知道乔纳森说的每一句话都是认真的。我们不会看到他准备项目报告、起草业务计划,然后提交给安瓦尔和拉克什;我们不会看到他从事规划和运作的细节，物流的投资、风险和回报工作，制定策略和发展计划；我们不会看到他管理一个部门或一群人，出席和主持会议。是的，不会看到！乔纳森只是出谋划策之人。在他看来，他已经尽了他的职责，已经得到了我们赞赏的眼光。我们很荣幸，他先跟我们分享了他的妙计而不是其他人。但是，一旦这想法成熟了，他又会有其他更多的想法，更多更多的想法，因为这是他最擅长做的事情——出谋划策，这是他乐于做的事情。归根到底，他是一只飞翔的海鸟，一只无拘无束的海鸟，他给其他的鸟指路，但只是指路而已，然后就自己飞走了，飞到另一片空间，另一片领域。

薄饼来了，因为迟了，毕希姆愧疚地看了安瓦尔一眼，他把薄饼放在桌上：两盘又松又薄、新鲜出炉的煎饼。

外面草坪上，阳光照在高大、茂密的树丛上，这里有无忧树、影树、硬木树、蓝花楹树、毒豆树、杜英树、罗望子树，还有一种叫伞树。是的，本地的植物精华都长在这里了，这些树木阻挡了那些偷窥者，保护着这栋房的隐私。

阳光照射进来，缓慢而坚定地往前推移。先照在了门前，穿越了法式门窗，洒在了椅子上，而后照在了放着阿米·可汗照片的餐柜上。当阳光洒落在餐柜上的木制台面时，我想我看见了阿米·可汗的脸绽放光芒，因她的美丽温柔而绽放光芒，因她的成熟优雅而绽放光芒，还有年长者在获得沉静、自信、庄重后表现出来的那种新生的喜悦。

此时思绪狂涌而来，如同疾风挤进邮箱口那般犀利，鞭挞着我的记忆。

我思忖着，我们的朋友一路经历了许多，从这国家的一端到另一端，从一个风景如画的地方（喀拉拉）到一个充满痛苦和挣扎的地方（德里）。

多年以来，乔纳森不得不接受他年幼时目睹而形成的观念：妈妈卡鲁娜·科希的那些相好；在她把爱献给自己的亲人之前，在她感情的堤坝崩溃之前，在她生命的纯净之水漂洋过海奔向一个陌生的城市之前，她极度渴望被爱。她那离弃后的家人曾如同外星人一般陌生，然而，正是他们让她回来了，让她找回了那个她知道是属于自己的一席之地，那个非她莫属、可以轻松适应的位置。我们投身今世是为了还前世欠下的债。这世界不是我们的，从来就未曾是我们的。这就是卡鲁娜·科希回来的原因吗？她认识到她是一个怎样的人吗？一个具有博大胸怀的母亲，她那纯洁、顽强的生命力就如同汹涌澎湃的潮水！

乔纳森，我们可亲可爱的乔纳森：在他最终找回自己的亲生母亲之前，注定要认识许多其他的母亲。他注定会认识那个乳房被烧伤了的妓女，她在不能送儿子上学的重担下所受的煎熬；夏鲁玛蒂，她许诺去看女儿，但却被人阻拦履行诺言而变得失去理智、大动干戈；那个老鸨，再也不能像以往一样忍受她儿子对她的看法；卡维塔·德赛，她代表她的母亲向所有男人和爱情挑战，不惜时间帮助被囚禁的妓女免于失去孩子，她自己就是一个监护人和母亲的形象；埃斯美拉达·平托，绞尽脑汁用记忆中的美好让乔纳森开心，用她心中的良善哺育他；还有阿米，敬爱的长者阿米，当乔纳森的家庭破裂时，她给了他一个家（谁知道那确是租来的公寓，还是实际上是她自己解囊相助，安置了乔纳森——可汗夫妇可能永远不会透露真相）；只有经历了这一切之后，在经历了痛苦、考验和醒悟的遭遇后，乔纳森才会明白卡鲁娜·科希那博大深厚的爱，一位母亲不容置疑的爱，她为拯救前夫免遭毁灭，毫不迟疑地飞回到自己家人身边。

我想，不管怎样，生活是美好的，纵然事情没有如愿以偿，没有如期而至。有时这需要很长的时间，因为真相会被其他东西掩盖——比如黑暗、困惑和个人的渴望，一事无成的愤慨，诸如此类的事情——有时候，这种领悟在你最不经意的时候出现，这种领悟让你突然坐起，更细心地品味，因为它来之不易，因为它出现在漫长旅途的尽头，所以这种领悟具有令每个人快乐的力量，令人们忘却现实曾经是怎样。

于是，我循着鼻子闻到的味道，醉醺醺地走向正等待着我们的、一场经历了几十年后终于完美的盛宴。我拿起一串热气腾腾、又嫩又鲜美的烤羊肉,香味在舒适、温馨的屋内飘溢。就在那儿,阿米·可汗用少女般骄傲的眼神注视着我们,看着我满心欢喜地把烤肉切成片。

致谢辞

首先,我要感谢班德拉小镇,别称孟买郊区的"皇后之宝地",此处是我每周的娱乐消遣和康复之地。

非常感谢帕利山104号的原主人们!他们二十余载如一日地热情好客,格外善待我,对我的异常信任令我惊叹!

我向我的英语老师,已故的伊迪丝·德梅洛和她的父亲,已故的劳伦斯·德梅洛,表示亲切的敬意!他们有生之年对社区服务的忠诚与奉献是这本书创作灵感的一部分。

我衷心感谢国际笔会的拉里·西姆斯和凯西·麦肯以及我的作家朋友本·方腾、小罗伯特·列侬、朱莉叶·布里克曼和维克朗·强德拉!他们在我的书《气喘吁吁的孟买》的诉讼期间自始至终地支持着我。没有他们的帮助以及我的编辑朋友达尼埃拉·让波的大力支持,我不可能有强大的力量去打好那场官司。

我最衷心地感谢南印度的三位强人：阿普杜勒·哈米德、米努·阿瓦里和维斯瓦莱塔·坎塔斯瓦米。他们帮我在科带卡纳尔和马杜赖打官司。他们让我明白，素不相识的人也可以成为最好的朋友。

感谢梅赫罗·米斯特里在我需要的时候随时待客！感谢我的朋友蒂娜和曼索热情又慷慨的支持！

衷心地感谢克里斯·德苏扎！这位伟大的医生和多产的作家，在我看来，他代表了班德拉小镇天主教社区里所有的美好、荣誉和赞赏！

非常感谢罗克萨内和贝何朗·霍代吉！在我落魄时，他们坚定不移、始终如一地站在我身旁。我真心感谢这些英勇无畏的朋友们！

同样感谢波鲁斯·帕迪瓦拉、维斯塔斯普·霍迪瓦拉、内瓦尔·巴斯塔瓦拉、苏马纳·普尔卡亚萨、肖穆·雅各、德布·普尔卡亚萨，以及妮希和罗尼·杜巴什！他们陪伴我一路走来，带给我力量和勇气。

还要感谢贝何朗·瓦基尔、马赫什·杰赫马拉尼、辛普雷特·辛格、梅德哈·帕特卡尔、拉杰尼·乔治、逊尼塔·索赫拉布吉和曼努埃尔·沃利！他们在危难时刻对我伸手援助。

衷心地感谢我的读者们：苏马纳·普尔卡亚萨、贝何朗·霍代吉、波鲁斯·帕迪瓦拉、维迪亚达尔·盖吉尔、维斯塔斯普·霍迪瓦拉和詹姆斯·马修！他们的投入与帮助使这本书最终成型。

我对维克朗·盖克瓦德的杰出的设计能力以及自发的帮助，表示最深切的钦佩！他给我设计了一个真正属于我的封面。

感谢达芙妮·皮莱博士和瓦苏德万·皮莱博士那热情、珍贵的友谊！

最后但也是最重要的，我对我的父母感激不尽！我的父亲法利和母亲杰露，他们的信仰与信念激励着我的工作，他们的爱、祝福以及支持自始至终伴我前行，让我最终到达目的地。

WAITING FOR JONATHAN KOSHY by MURZBAN F. SHROFF
Copyright: © 2015 BY MURZBAN F. SHROFF
This edition arranged with SUSAN SCHULMAN LITERARY AGENCY, INC
through Big Apple Agency, Inc., Labuan, Malaysia.
Simplified Chinese edition copyright: 2019
本书中文简体字版版权，浙江文艺出版社独家所有。
版权合同登记号：图字：11-2017-27 号

图书在版编目（CIP）数据

等待乔纳森 /（印）穆尔兹班·F. 史洛夫著；刘文译
—杭州：浙江文艺出版社，2019.9
ISBN 978-7-5339-5862-6
Ⅰ.①等… Ⅱ.①穆…②刘… Ⅲ.①长篇小说—印度—现代
Ⅳ.① I351.45
中国版本图书馆 CIP 数据核字 (2019) 第 216179 号

策划统筹：曹元勇
责任编辑：李　灿
文字编辑：伍华星
封面设计：周伟伟
责任印制：吴春娟

等待乔纳森

[印] 穆尔兹班·F. 史洛夫　著
刘文　译

出　版：浙江文艺出版社
地　址：杭州市体育场路 347 号　邮编：310006
网　址：www.zjwycbs.cn
经　销：浙江省新华书店集团有限公司
印　刷：杭州富春印务有限公司
开　本：880 毫米 ×1230 毫米　1/32
字　数：120 千字
印　张：6.875
插　页：1
版　次：2019 年 9 月第 1 版
印　次：2019 年 9 月第 1 次印刷
书　号：ISBN 978-7-5339-5862-6
定　价：39.00 元

版权所有　侵权必究
（如有印、装质量问题，请寄承印单位调换）